KB124417

꽃잎처럼

정도상 장편소설

다산
책방

제1부 **5월 26일**

나는 오늘 밤 여기에 머무르기로 했다.

먼 곳에서 총소리가 울렸다. 이 밤이 지나면 내일이 올 것이다. 내일은 희순과 만나기로 약속이 되어 있다. 날이 밝으면 손에 쥐고 있는 카빈소총을 놓고 여기를 떠날 것이다. 집에 돌아가자마자 라면을 끓여 국물에다 소주 한잔을 마시고 푹 잘 예정이다. 오후 4시쯤 느긋하게 일어나 목욕탕에 가서 때 빼고 광낸 다음, 청바지와 흰 남방을 차려입고 희순을 만나러 갈 것이다. 광천동 들불에서 YWCA로 나오면서 희순과 했던 약속이라 꼭 지키고 싶었다. 달을 바라보는 곳, 그곳에서 희순은 나를 기다리고 있을 것이다. 내일은 망월이 뜨는 날이다. 망월은 만월이 아니다. 달맞이꽃이라도 한 묶음 들고 희순을 만나러 간다고 생각하니 벌써 가슴이 두근거렸다.

한 시간 전, 6시에 부지사실에서 수습위원회 마지막

회의가 열렸고 의견 대립만 있다가 상황실장이 권총까지 뽑아 들었다는 소문이 돌았다. 무기를 반납하고 도청을 열자는 의견과 끝까지 싸우자는 의견이 며칠째 대립하고 있었다. 나는 어떤 의견이 좋은지 모른다. 다만 내가 사랑하는 사람들이 선택한 의견을 따를 뿐이다. 사랑이란 그런 게 아닌가? 의리 같은 거 말이다.

"계엄군이 곧 진주합니다. 여기서 나가야 목숨을 건집니다."

"여기 있으면 개죽음당합니다. 무조건 무기를 놓고 나가야 삽니다."

"계엄군한테 우리는 결코 못 이깁니다. 일단 살아서 나갑시다."

"부모 형제가 기다리고 있는 집으로 갑시다."

그동안 수습위원회를 이끌어온 김충길이 도청 여기 저기를 다니며 외쳤다. 김충길의 외침에는 진심이 담겨 있다. 그래서 더 애절했다. 그의 안타까운 표정을 보니, 내가 더 안타까웠다. 계엄군에 맞서 우리가 이길 것이라고 나는 생각하지 않았다. 내가 지금 도청에 있는 이유는 한 사람을 사랑하기 때문이다. 나는 사랑에 목숨을 걸었다. 그러기에 한 명이라도 더 목숨을 구해

보자고 노력하는 사람들에게 욕을 할 수는 없다. 의견이 다를 뿐이었다.

사람들이 도청을 나가는 게 보였다. 얼추 보니 스무명 남짓이었다. 그들이 딱히 부럽다는 생각이 들진 않았다. 그냥 덤덤했다. 나는 그들의 결정에 대해 털끝만큼도 비난하고 싶은 마음이 없었다. 나도 언제든지 여기를 떠날 수 있다. 잡는 사람은 아무도 없다. 하늘을 올려다보았다. 별도 달도 없이 구름만 가득했다. 오늘 밤에 별을 보기는 틀린 것 같았다. 아까 저녁 무렵에 제비들이 낮게 나는 것을 보았다. 제비들이 낮게 날면 꼭 비가 왔다. 비가 내리지 않았으면 좋겠다. 마음이 너무 젖을 것만 같다.

카레 끓이는 냄새가 축축한 공기를 타고 2층으로 올라와 내 코를 자극했다. 날씨가 꿉꿉하니 냄새가 잘 퍼지는 것 같았다. 나도 모르게 1층으로 내려가 별관 민원실 쪽을 기웃거렸다. 식당이 거기에 있었다. 식당 근처에 가니 밥 짓는 냄새가 향긋했다. 민원실 지하 구내식당이 바로 취사실이었다. 그곳에서 수백 인분의 밥을 해서 2층 강당으로 옮겨 배식했다. 순수하게 배가 고팠고 입 안에 침이 고였다.

"오늘은 집에 가자. 그동안 고생 많이 했잖냐? 누가 너를 비겁하다고 해?"

양동시장 닭전머리에서 봤음직한 어떤 아주머니가 아들을 찾아와 애원하고 있다. 민원실에서 도경찰국으로 가는 길의 모퉁이에 시신 관리소가 있는데, 아들은 그곳에서 시신 관리의 임무를 수행하고 있었다. 아들의 몸에서 향냄새와 시체 썩는 냄새가 풍겨 왔다. 물큰하게 풍기는 물비린내 같은 썩은 냄새가 도청 곳곳에 낮게 깔려 걸을 때마다 먼지처럼 풀썩풀썩 일어났다. 신원이 확인되지 않으면 합판으로 대충 만든 관 안에서 속절없이 썩어가는 시신들을 어쩌지도 못하고 있는 상태였다.

"오늘은 여기서 지내고 내일 갈게, 내일. 다른 사람들도 여기를 지키는데 나만 빠져나가면 창피하잖아. 쪽팔리게 왜 그래 엄마."

"야야, 야야, 병규야 이놈아. 내가 똑 죽것다. 휴교를 했어도 그냥 서울에 있지 왜 내려와 도청으로 들어왔어. 금쪽같은 내 새끼가 여기 있으니 먹을 수도 잘 수도 없어. 더구나 내일 아침은 귀빠진 날이잖여……."

"알았어, 알았어 엄마. 나만 금쪽같고 귀빠진 사람인

가? 여기에 있는 사람 다 금쪽같아. 내일 아침 일찍 집으로 갈게. 아무 걱정 말고 집에 가서 미역국이나 끓여놔, 응? 그거 먹고 몸보신 좀 하게."

몸보신이라는 말에 피식 웃음이 나왔다. 젊은 사람의 입에서 나올만한 말이 아니었다.

"병규 너 없이 내가 어떻게 사냐?"

"엄마, 나 오늘 안 죽어. 내일 아침에 미역국이나 끓여놓으라니까. 가서 먹는다고!"

아들이 거위처럼 꽥 소리를 질렀다. 아들의 이름이 병규인 모양이었다. 그 아주머니는 아들의 손을 놓고 돌아서야 했다. 가만히 보니 여기저기서 그런 실랑이들을 하고 있다. 몇몇은 가족의 손에 이끌려 도청을 떠나기도 했다. 어머니의 눈물 바람 앞에 어떤 아들은 총을 놓았다. 서방시장에서 김치를 가득 실은 리어카가 도청으로 들어와 2층으로 올라갔다. 김치를 가져왔던 아주머니가 딸로 보이는 여고생의 손을 잡고 나왔다. 여고생은 손을 빼려고 몸을 비틀었다.

"오늘 밤 계엄군이 진압하러 들어온다는데, 이제 그만하고 집에 가자. 여기 있다 개죽음당한다는 소문이 파다해, 이것아."

"오늘 밤만 잘 버티면 이긴다는데⋯⋯. 내일 아침 일찍 갈게."

단발머리가 예쁜 아이였다. 눈매가 초롱초롱했고 연분홍 입술이 예뻤다. 저 여고생은 구내식당에서 취사를 도왔는데 같이 온 친구는 시신을 관리했다. 희순을 닮아 깜짝 놀랐다. 어제 도청에 들어왔을 때 우연히 만나 무섭지 않냐고 물었더니 처음엔 무서웠는데 지금은 괜찮다고 대답했다. 나는 못할 것 같은 일을 어린 여고생이 태연하게 하는 것을 보니 그 애가 희순 같은 사람일지도 모른다는 생각이 들었다. 세상에는 이렇게 아무 대가 없이 스스로를 던지는 사람들이 있다. 나는 아직 거기까지는 못 간 사람이다.

"갈 사람은 가고, 남을 사람은 남고."

정문에서 보초를 서고 있는 누군가가 혼잣말로 중얼거렸다. 그 말에 동감이었다. 방석모 아래의 얼굴을 자세히 봤다. 눈이 마주쳤다. 녀석의 몸에서 짐승의 노린내가 지독하게 풍겼다. 나도 모르게 코를 감싸 쥐었다.

"야, 뭐야!"

그가 파르르 성깔을 부렸다.

"아, 미안 미안." 내가 말했다.

"너도 냄새 많이 나 짜샤." 그가 말했다.

어디서 면도칼깨나 썹었다는 듯한 말투였다. 기분을 팍 잡쳤다. 배치기를 하듯이 앞으로 한 걸음 나서며 노려봤다. 둘 사이에 눈싸움이 시작되었다.

"어이, 시민군 동지들. 시민군들끼리 이러시면 되나?"

병규가 분수대까지 어머니를 배웅하고 돌아오다가 다투고 있는 그와 나 사이로 끼어들었다. 나는 우리끼리 다툰다는 게 민망해서 얼른 몸을 뒤로 뺐다.

"미안하다, 야. 진짜 진짜 미안해." 나는 얼른 정문에서 보초를 서는 친구에게 화해의 손을 내밀었다.

"수찬아, 뭐해? 얼른 손을 잡지 않고!" 병규가 말했다.

수찬이 내 손을 꽉 잡았다. 손아귀의 힘이 아주 셌다. 무심결에 선빵을 당했다. 당황한 표정을 드러내지 않으려 애를 쓰며 나도 손아귀에 힘을 주었다.

계엄군과 공수부대가 이 도시로 들어온 이후 우리는 거의 씻지 못했다. 머리를 감지 못해 떡이 졌으며 옷을 갈아입지도 못했다. 끈적끈적한 느낌의 속옷을 며칠이나 입고 있는지 모르겠다. 햇빛에 잘 말린 속옷으로 갈아입고 싶었지만 집에 갈 수 없었다. 옷이나 모자는 계엄군과 전투경찰이 버리고 간 군복과 방석모로 대신했다. 세수를 못해 검은 땟국과 기름기가 섞여 거무튀튀하게 반질거리는 얼굴에서는 긴장된 눈빛이 붉은빛과 함께 반짝거렸다.

"나는 노명수다."

"수찬이다, 김수찬."

"나는 김병규."

우리는 서로 번갈아가며 짧은 통성명과 함께 악수했다.

"아, 무거워." 수찬이 방석모를 벗었다. 배코 머리가 드러났다. 완전한 배코는 아니고 일주일 정도 머리가 자란 배코였다. 그의 배코는 어쩐지 불량스러웠다. 손목에도 담배빵과 칼빵이 많았다. 서방삼거리에서 자주 보던 '노는 애' 같았다.

"수고해라." 짧게 말하고 돌아섰다.

"말이 짧다 너!"

그가 한마디 던졌다. 그러거나 말거나 2층으로 올라와 버렸다.

도청 2층 본관 복도의 유리창 바로 앞에는 늙은 은행나무가 서 있다. 나는 유리창을 열어놓고 창턱에 소총을 걸쳐두었다. 푸른 은행잎이 바람에 흔들렸다. 은행잎이 바람에 흔들릴 때마다 아카시아 향기가 실려왔다. 희순은 아카시아 나무 같은 여자였다. 향기는 좋으나 가시가 있는 여자. 그 가시 때문에 더 설렘을 주는 여자. 아카시아꽃은 포도송이처럼 뭉쳐서 피었다. 포도송이를 따듯 꽃송이를 통째로 따서 한 움큼 입에 넣으면 달콤쌉싸름한 향기가 입 안 가득 퍼졌다. 어머니는 가마솥 뚜껑을 거꾸로 놓고 아껴두었던 들기름을 붓고 아카시아꽃을 튀겨주었다. 누나는 아카시아꽃 튀김을 좋아했다.

시체가 썩는 물큰한 비린내를 아카시아 향기는 잠시 잊게 해주었다. 금남로에 어둠이 계엄령처럼 내렸다. 은행나무 잎사귀 위로 이슬비가 내리기 시작했다. 아카시아 향기 위에, 고려시대 이후로 불이 켜진 적이 없는 석등 위에, 아우성만 남고 인적이 끊긴 분수대 위에, 어둠이 짙게 깔린 금남로에, 두어 개의 창문에서 불빛이 새어 나오는 전일빌딩 위에…… 이슬비가 쓸쓸한 노래처럼 흘렀다. 노래를 잊은 지 벌써 아흐레가 되었다. 그 아흐레 동안 이 도시에는 죽음이 감기처럼 흔했다. 금남로는 물론이고 시 외곽에서도 많은 사람이 공수부대의 총질과 몽둥이질에 죽었다. 그들은 시신을 함부로 다루었다. 군용트럭에 쓰레기처럼 실어 어딘가로 갔다. 거리에 나뒹구는 시신을 모아 시민들이 도청과 상무관에 모셨다. 누구인지 확인이 된 시신은 상무관으로 보냈고, 누구인지 모르는 시신은 도청에 있다. 도청에는 시체 썩어가는 냄새와 향냄새가 묘하게 섞여 바람결에 흐르고 있다.

나는 도청 본관 2층 대변인실 앞 복도의 유리창으로 늙은 은행나무와 이슬비에 젖어가는 석등과 담장과 금남로와 상무관을 번갈아 쳐다보았다. 대변인실에서는 윤상우 대변인이 외신기자들을 모아놓고 기자회견을 하고 있었다. 나는 방금 대변인실에서 나왔다. 눈물이 떨어질 것만 같아 상우 형의 말을 마지막까지 들을 수가 없었다.

'상우 형을 끝까지 지켜.'

아침나절에 YWCA에서 등사기 롤러를 밀 때 꿈결처럼 희순의 목소리가 들렸다. 희순은 곁에 없었지만 나는 그 목소리를 어떤 계시처럼 느꼈다. 나는 스스로 상우 형의 경호원이 되었다. 무엇보다 투쟁위원회의 대변인인 상우 형을 혼자 다니게 할 수는 없었다. 언제 어디서 상우 형을 해코지하려는 불순분자가 나타날지 몰랐다. 식구를 지키고 사랑하는 것. 상우 형은 내게 있어 식구나 다름없었다. 희순을 사랑한다면 그렇게 해야만 한다. 그것이 사랑을 대하는 나의 자세다. 굳이 말하지 않아도 느끼고, 그렇게 하는 것. 사랑이란 상대방을 위하여 나를 변화시키는 것이라고 희순은 말했다. 어디서 그런 명언들을 읽었는지 깜짝깜짝 놀랄 때가 많았다. 나 같은 공돌이와는 차원이 달랐다. 물론 희순도 자기를 공순이라고 주장했지만 말이다. 아무튼 지금 나는 상우 형이 가는 데마다 그림자처럼 따라다니며 경호하는 중이다. 상우 형은 그것을 몰랐다. 알려야 할 이유도 그가 알아야 할 이유도 없다. 지금은 그럴 때가 아니었다.

도청 정문이 열리고 기동타격대의 지프차가 헤드라이트를 켜고 금남로를 향해 달려나갔다. 두 줄기의 강렬한 빛이 텅 빈 거리를 훑고 지나갔다. 보닛 위에 태극기로 덮은 시체를 싣고 자주 상무관으로 들어오곤 했던 지프차인지는 모르겠다. 아시아자동차 공장에서 시민군이 갖고 나온 지프차인 것만은 분명했다. 어쩌면 내가 만든 범퍼를 달고 다니는 지프차일지도 몰라서 지프차만 보면 반가웠다. 헤드라이트 불빛이 전일 빌딩을 지나 빠져나가자 금남로는 다시 어둠에 잠겼다. 충장로 일대까지도 정전이나 된 듯 어두웠다. 이 도시는 어둠의 침묵 속에서 숨을 죽이고 무언가를, 어떤 파국을 기다리고 있다. 도청 정문 쪽에서 누군가가 콧노래로 나직하게 부르는 조용필의 「창밖의 여자」가 은행나무를 타고 들려왔다. 콧노래에 맞춰 가사가 저절로 떠올랐다. '창가에 서면 눈물처럼 떠오르는 그대의 흰 손…… 한 줄기 바람 되어 거리에 서면……' 하지만 나는 최희준의 「하숙생」이 좋다. 「하숙생」은 희순의 십팔번이었다. 걸걸한 목소리와 저음이 노래에 딱 어울렸다. 내일이면 그 노래를 다시 들을 수 있을 터였다.

희순을 생각하며 창밖을 가만히 바라보는데, 상무관에서 누군가가 걸어 나왔다. 그다지 멀지도 않은데 남자인지 여자인지 구분이 되질 않았다. 그 사람은 상무관을 나와 분수대를 향해 천천히 걸어왔다. 나는 그 사람에게서 눈을 떼지 못했다. 걸음걸이로 보아 남자는 아니고 여자였다. 짧은 커트머리, 검게 물들인 작업복 바지에 헐렁한 하얀 티셔츠를 아무렇게나 걸치고 고개를 약간 숙이고 걷는 모습이 무척이나 낯익었다. 어쩌면 희순일지도 모른다고 생각하는 순간, 어떤 확신이 들었다. 늘 헐레벌떡 바쁘게 뛰어다닌 희순이었지만 무언가 골똘하게 생각을 할 때면 저렇게 차분하게 걸었다. 얼마나 보고 싶었던 사람인가. 이마에 진땀이 났고 가슴이 뛰었다. 그 얼굴, 그 눈동자를 보고 싶었다.

창턱에 걸었던 총을 어깨에 메고 중앙 계단을 날듯이 뛰어 내려갔다. 도청 정문에서 분수대까지는 50미터도 안 될 정도로 가까운 거리였다. 그 짧은 거리를 뛰어가는데 소총과 방석모가 덜컹거렸다. 소총을 버리고 방석모도 벗어 던졌다. 그것들은 본디 내 것이 아니었다. 단숨에 분수대에 도착해서 둘러보니……, 아무도 없었다. 그토록 가까운 거리였고 단숨에 뛰어왔는데 그 짧은 몇 초의 사이에 희순은 사라지고 없었다. 희순의 뒷모습을 쫓아 금남로며 충장로를 두리번거렸다. 텅 빈 거리에 사람의 발을 잃은 운동화며 신발이 몇 짝 보였다. 다시 도청 옆길을 바라보는데 검은 고양이 한 마리가 훌쩍 담장을 타고 올라가 끝에 앉으며 '야옹' 하고 울었다. 고양이의 눈에서 파란빛이 음울하게 쏟아져 나왔다. 고양이는 어둠과 몸을 섞은 채 담장 위를 사뿐사뿐 걷다가 은행나무를 타고 2층으로 올라가더니 홀연히 사라졌다. 소름이 돋았다. 세상에서 제일 무서워하는 게 고양이였다.

"아참, 상우 형."

*

기자회견은 두 시간 전에 시작되었다.

나는 상우 형을 따라 YWCA에서 도청으로 옮겨 왔다. 박영준 형에게 상우 형을 지키러 간다고 말하자, 형이 내 머리를 쓰다듬어주었다. 키가 백오십도 안 되는 형이 짧은 팔을 뻗어 내 머리를 쓰다듬을 때, 무언가가 속 깊은 곳에서 올라와 콧등을 때렸다. 동신강건사에서 용접과 망치질을 최고로 정확하게 한다고 소문난 내가, 아직까지 팔씨름이라면 져본 적이 없는 사나이 중의 사나이인 내가 하마터면 울 뻔했다.

대변인실 앞에는 전남대 학생 둘이 교련복 차림으로 경비를 서고 있었다. 코밑에 털도 안 난 애송이들이었다. 1학년이라고 했으니 겨우 스물이었다. 나와 동갑이었으나 순진한 애송이로 보였다. 사회 물을 한 방울도 못 먹어본 태가 물씬 풍겼다. 어깨에 올리는 큰 카메라

나, 들고 다니기 편하게 생긴 작은 카메라를 든 외신기자들이 대변인실 앞에 나타났다. 미리 상황실에서 출입증을 발급받은 기자들이었다.

텔레비전이나 라디오에서는 지난 18일부터 시작된 공수부대의 살인과 만행을 한마디도 전하지 않았다. 이 도시가 공수부대의 총칼 아래 속수무책으로 당하고 있을 때, 〈별이 빛나는 밤에〉에서는 아름답고 좋은 말과 노래가 흘러나왔다. 라디오 디제이는 전국에서 보내온 엽서를 읽어주거나 초대 손님과 시시껄렁한 이야기로 수다를 떨었다. 그 아름다운 노래와 수다가 누군가에게는 절망이었다. 나도 모르게 라디오를 때리기도 하였다. 한국의 신문이나 방송은 이 도시에서 벌어지고 있는 슬프고 끔찍한 일들에 대해 입도 벙긋하지 않았다. 우리는 다른 세상에 살고 있거나 버려진 국민이었다. 국내 언론은 믿을 수가 없었다. 그들은 현장에서 직접 취재를 한 뒤에도 계엄 당국의 보도 자료만 베꼈다. 그래서 상우 형은 외신기자들만 모아 기자회견을 하기로 한 것이다.

상우 형이 상황실에서 현재 상황을 살펴본 뒤에 긴 복도를 따라 대변인실로 걸어갔다. 대변인실은 보사국장실에 설치되어 있다. 보사국장실은 도청 본관 2층 우측 끝에 있다. 나도 뒤를 따랐다. 복도를 걸어가면서 상우 형이 한숨보다 깊게 숨을 몰아쉬었다. 나도 덩달아 숨을 깊게 들이마셨다가 느리게 뱉어냈다. 마음이 조금 가라앉는 기분이었다. '아무것도 두렵지 않아. 나에게는 희순이 있어. 오늘 밤이라고 했어. 오늘 밤을 지내고, 내일이면 희순을 만날 수 있어.' 나는 그 약속을 믿고 있다.

"잠깐!"

셋 중에서 껑충한 녀석이 앞을 가로막았다. 상우 형도 문 앞에서 멈추고 나를 보았다.

"대변인 경호원이야."

나는 약간 가소롭다는 미소를 띠며 답했다. 그가 상우 형을 보았다.

"효균아, 맞아. 내 경호원이야."

상우 형의 말에 그가 카빈을 내리고 통과시켜 주었다.

"효균이 아버지가 수습위원회에서 활동하고 계시는 이종석 변호사님이야."

"아, 그래요?"

아버지와 아들이 함께 도청에 있다니 신기하기도 했다. 대변인실에 들어가니 외신기자들이 십여 명 와 있었다. 담배 연기가 꽉 차서 눈이 매웠다. 모두들 영어로 크게 떠들었다. 영어로 떠드니 무슨 말인지 알아들을 수가 없었다. 상우 형이 기자들 앞에 자리를 잡자 모두 입을 다물었다. 짧은 침묵 사이로 어떤 미국 젊은이가 상우 형 옆에 섰다. 헛기침을 두어 번 하더니 영어로 무어라 말을 하기 시작했다.

"My name is John Linton……."

그의 말을 한마디도 알아들을 수가 없었다. 다만 표정으로 봐서 그는 착한 사람이 분명했다. 잠시 뒤, 그가 우리말을 하기 시작했다.

"내 이름은 존 린턴인데 한국말로 '인요한'입니다. 한국에서 태어나고 자란 선교사 집안의 사람입니다. 현재 스물두 살이고, 연세대학교 의대 1학년입니다. 기자회견의 통역을 맡게 되어 영광입니다. 최선을 다해 여러분의 질문을 전달하고 대변인의 말을 전하겠습니다. 그럼 기자회견을 시작하도록 하겠습니다."

인요한의 한국말이 너무 유창해서 깜짝 놀랐다. 한국말을 저렇게 잘하는 미국 사람을 처음 보았다. 상우 형이 연단 앞으로 나왔다. 피리 부는 소년. 나는 상우 형을 그렇게 불렀다. 소년이 아니라 사나이였지만, 상우 형의 내면에는 순수한 소년이 살고 있었다. 상우 형은 반곱슬머리에 짙은 눈썹, 깊고 검은 눈동자와 지적인 눈매 그리고 살짝 나온 광대뼈가 고집스러운, 플라스틱 공장의 공돌이다.

지난 며칠 동안 거의 잠을 못 자서 그런지 상우 형의 눈매는 '횅'했고 '텅' 빈 상태였다. 나도 도통 잠을 자지 못했다. 지난 두 해 동안 야학에서 같이 생활하면서 한 번도 보지 못했던 모습이었다. 외신기자들을 둘러보는 상우 형의 눈동자에는 붉은 슬픔이 가득했다. 그리고 친절하게 웃었다. 그 미소가 너무 슬퍼 내 가슴이 아렸다.

"안녕하십니까. 투쟁위원회 대변인 윤상우입니다. 여러분만 모시고 기자회견을 하게 되어 참으로 안타깝습니다. 한국의 그 어떤 언론도 이 도시에서 벌어졌던 군대의 살육과 만행, 시민들의 저항을 제대로 보도하지 않았습니다. 우리는 민주화를 위해 투쟁하는 시민들이지 빨갱이가 아닙니다. 부탁하건대, 이 도시의 이야기들을 세계에 널리 알려주십시오. 자 그럼, 누가 먼저 질문을 할까요?"

기자들이 손을 들었다. 상우 형이 누군가를 가리켰다. 그가 영어로 말을 하자 인요한이 통역을 시작했다. 나는 인요한의 입을 가만히 쳐다보았다.

"뉴욕 타임스 도쿄 지국장 헨리 스콧입니다."

"와, 뉴욕 타임스래?" 문 앞에서 경비를 서던 효균이 감탄했다. 감탄을 할 정도로 유명한 신문인지 아닌지 모르겠지만, 뭐 유명한 신문인가 하며 나는 고개를 끄덕였다.

"…… 도청에 들어오니, 대학생 지도자들이 아주 어려 보입니다. 또 젊은이들 대부분은 대학생이 아닌 것으로 보이고요. 그들의 직업이 무언지 구체적으로 모르지만 생기가 넘치는 것만큼 위험해 보이기도 합니다. 이 젊은이들은 무기를 어떻게 다루어야 하는지 모르고 있는 것 같습니다. 상황실에도 가보고 기동타격대실에도 가보았는데 소총을 마치 장난감처럼 벽에 기대어놓고 있더군요……."

'아, 씨바. 공돌이라고 무시하는 거야 뭐야?' 배알이 살짝 꼴렸다. 아직까지 총을 쏜 적은 없지만 안전장치를 풀고 방아쇠를 당기면 총알이 발사되는 것쯤은 알고 있다. 총알에 맞으면 사람이 죽는다는 것도.

"시민군은 정규군이 아닙니다. 물론 게릴라도 아니지요. 여러분이 직접 목격한 그대로 국가의 정규군이 무자비하게 시민을 곤봉으로 때리고 칼로 찌르고 총을 쏘아 죽이고, 시체를 아무렇게나 트럭에 싣고 가 어딘가에 암매장했습니다. 그것을 보고 총을 든 사람들입니다. 폭도가 아니란 말입니다. 시민군의 특징은 민중과 학생으로 구성되어 있다는 점입니다. 일부러 그렇게 한 것이 아니라 자연스럽게 그리 되었습니다. 한창 감수성이 예민한 십 대 후반과 이십 대 초중반의 젊은 이들이 자발적으로 총을 들었다는 점을 나는 강조하고 싶습니다. 그들에게 정규군의 군기를 요구하는 것은 월권이라고 생각합니다. 다행히 그런 문제로 단 한 건의 사고도 없었다는 점을 강조하고 싶습니다. 시민군은 도덕적으로 매우 절제되어 있습니다. 스스로 말이지요."

상우 형의 눈빛이 반짝 빛났다. 전남대를 졸업하고 서울에서 은행을 다니다가 사직하고 광주로 내려와 플라스틱 공장에 취직해 공돌이가 된 사람…… 나의 피리 부는 소년. 상우 형이 하는 말을 인요한이 통역했다. 나는 상우 형의 말을 통역 없이 들을 수 있어서 가슴이 뿌듯했다. 다른 기자가 손을 들었다.

"이런 소문이 있다. 도청의 지도자들은 용공분자라고. 왜 정부군에 투항하지 않는가?"

"당신의 부인이나, 딸이 정부군에 의해 무자비하게 살해되었다면 당신은 어떻게 하겠는가? 휴전선 북쪽을 향해 있어야 할 정부군의 총구가 왜 남쪽을 향해, 이 도시를 향하고 있는지 정말 모르겠습니다. 식량이 떨어지고 있고 먹을 물도 바닥이 나고 있습니다. 이 도시에서 나가는 길도, 도시로 들어오는 길도 모두 봉쇄되어 있습니다. 우리는 빨갱이가 아닙니다. 우리는 매일 반공 구호를 외치고 하루를 시작하고 있습니다. 그렇게 몰고 가지 마십시오. 너무 억울합니다. 국가의 폭력 앞에 우리는 정당한 저항권을 가진 시민들일 뿐입니다."

'그래 나는 정당하다.' 이런 생각을 하면서 카빈을 꽉 쥐었다. 상우 형은 새로 구성된 투쟁위원회의 입장을 비교적 소상하게 알려주었다. 상우 형은 미국 대사와의 연결을 부탁하였고, 국제적십자의 긴급구호도 요청해달라고 했다. 상우 형의 말은 간절했다.

"당신은 아주 순수하군요. 순수한 제퍼슨식 민주주의자 같아요." 헨리 스콧이 말했고 상우 형이 감사하다고 대답했다.

"오늘 밤 7시부터 이 도시에 거주하는 모든 외국인에게 철수 명령이 내려진 것에 대해 알고 있나요?"

"모르고 있습니다." 상우 형의 목소리는 담담했고 눈동자는 차분했다.

"한국의 정규군, 그중에서도 공수부대는 특별히 강합니다. 도시 거주 외국인들에게 비행기를 제공하면서 철수시키는 것은 곧 진압 작전이 시작될 것이라는 신호인데, 시민군이 정규군을 이길 수 있다고 보십니까? 제가 보기에 시민군은 결코 정규군을 이길 수 없을 것 같은데 왜 무기를 놓고 도청을 떠나지 않는 것입니까?"

기자의 질문이 날카롭게 내 가슴을 파고들었다. 상우 형을 쳐다보았다. 형이라면, 어떻게 대답할 것인가? 나라면 이렇게 대답할 것이다. '상우 형이 여기에 있으니, 나도 여기에 있는 것이다. 그게 사람의 일이다.' 아니다. '내일 희순을 만나기 위해 나는 오늘 밤 여기 머무르는 것이다.'

"우리 중의 그 누구도 오늘 밤을 여기 도청에서 뜬 눈으로 보내고 싶은 사람은 아무도 없습니다. 나도 집으로 돌아가고 싶습니다. 집에 돌아가 온몸을 씻고, 식구들과 저녁을 먹고 도란도란 이야기를 하거나 드라마를 본 뒤 아주 달게 자고 싶습니다. 그것이 우리 모두의 소망입니다."

여기까지 말하고 상우 형이 잠시 말을 멈췄다. 그 소망이 나의 간절한 소망이기도 하다. 조용히 총을 놓고 나가 계림동 상우 형 자취방이나 콧구멍만큼이나 작은 광천시민아파트 영준 형의 방으로 가서, 라면 하나에 계란 세 개를 넣고 끓여 안주 삼아 소주를 마시고, 약간의 취기에 툭 떨어져 몇 날 며칠을 죽은 듯이 자고 싶다. 잠에서 깨면 목욕탕엘 가서 때 빼고 광낸 뒤에 희순을 만나러 낡은 자전거를 타고 달려가고 싶다. 도시락을 싸 들고 증심사로 소풍이라도 간다면 얼마나 좋을까. 상우 형은 고개를 돌려 콧등을 매만진 뒤에 쑥스러운 듯 빙그레 웃으며 헛기침을 했다. 상우 형의 눈에 붉은 눈물이 핑 돌았다. 결코 눈물을 보이지 않을 것만 같은 피리 부는 소년인데.

"우리는 백기가 내걸린 텅 빈 도청 안으로 공수부대

가 들어오게 하지 않을 것입니다. 그것은 먼저 죽어간 시민들에 대한 예의가 아닙니다. 도청과 상무관 안에는 아직 장례를 치르지 못한 시신들이 많이 있습니다. 지금도 그들의 살이 물크러지고 내장이 썩는 냄새가 풍겨 옵니다. 그 냄새를 두고 어찌 여기에서 나갈 수 있습니까?"

상우 형은 잠시 침묵했다. 기자 중에서 몇은 담배에 불을 붙였다. 기자회견장이 곧 담배 연기로 꽉 찼다. 뿌연 담배 연기 속에서 상우 형은 침묵 속에서 내면의 말을 찾아 눈을 감았다. 기자들은 상우 형의 말을 기다리면서 담배 연기를 뿜어냈다. 상우 형이 눈을 떴다.

"전투에서 우리는 질 것입니다. 한 발만 더 가면 낭떠러지가 분명한데, 한 발을 내디뎌야 할 때가 있습니다. 그것을 '백척간두 진일보'라고 합니다. 우리는 오늘 밤 공수부대와의 전투에서 패배할 것입니다. 패배가 분명한데도 여기에 남아 있는 것은 백기를 들고 공수부대를 맞이할 수 없기 때문입니다. 우리는 우리의 깃발을 내릴 수 없습니다. 우리의 깃발이 비록 피에 젖고 총칼에 찢어진다 해도 우리는 깃발을 내리지 않을 것입니다. 우리는 오늘 밤 패배할 것입니다. 하지만 영원히 패배하진 않을 것입니다." 상우 형의 차분한 말에 통역을 하던 인요한이 눈물을 흘렸다.

내 속에서 어떤 덩어리 같은 것이 속에서 올라와 대변인실을 나와버렸다. 울고 싶지 않았고, 누구에게도 눈물을 보이고 싶지 않았다. 나는 다른 사람 앞에서 울어본 적이 없다. 운다고 달라지는 게 없기 때문이다. 울기보다는 달리기를 하거나 주먹으로 벽을 치는 것이 나았다.

*

지금쯤 기자회견이 끝났겠지.

분수대로 뛰어오면서 벗어 던졌던 카빈과 방석모를 다시 집어 들었다. 방석모를 머리에 쓰고 카빈을 오른손에 들고 도청으로 들어갔다. 도청 정문을 지키는 시민군의 방석모에 빗방울이 맺혀 있다. 본관으로 막 들어가려는데 금남로에서 사람들이 뛰어오는 소리가 들려왔다. 몸을 돌려 그들을 바라보았다. 어림짐작으로 칠십여 명 정도 되었는데 모두 내 또래의 청년들이었다. 그들은 곧장 별관 회의실로 갔고 나는 본관 중앙 계단을 통해 2층으로 올라갔다. 2층에 도착했더니 상황실 앞이 매우 소란스러웠다. 방석모를 손에 든 내 또래의 청년들이 복도에 서서 담배를 피우거나 상황실에 모여 있었다. 무슨 일인가 싶어 상황실로 들어갔다.

"어, 미자냐? 오빠다. 여기가 어딘 줄 아냐……? 도청이다……. 아버지와 엄마는……? 걱정하지 말라고 해……. 내일은 나도 여기서 나갈 거야. 오늘 밤이 고비라니까, 그건 넘겨야지. 너무 걱정하지 마. 끊는다."

한 사람이 전화를 끊고 일어서자 옆에서 기다리고 있던 청년이 의자에 앉았다. 나는 상황을 대충 짐작했다. 아까 상우 형과 상황실장이 도청에 있는 모든 사람들한테 집에 전화해 연락을 하는 게 어떠냐고 이야기하는 것을 들었다. 시골집에 전화기가 없으니 전화를 할 수도 없다. 전화를 하려면 이장 댁에다 걸어서 바꿔 달라고 해야 한다. 우리 동네는 외부에서 전화가 오면 스피커로 알려주었다.

머기시 어머니, 머기시한테 전화 왔소. 빨리 와 받으시오.

이렇게 방송이 나오면 밭에서 잡초를 뽑다가도 이장 댁으로 달려가곤 했었다. 일신방직 건너편 발산에 살고 있는 누나도 전화가 없다. 누나는 발산에 살면서 뿅 뿅다리를 건너 일신방직으로 출퇴근하는 공순이다. 아무도 나를 찾아오지 않았고, 나도 연락하지 않았다. 내가 도청에 있는 줄을 부모님과 누나는 모를 것이다.

"엄마, 여기 괜찮아. 밥도 잘 먹고 있고, 친구들도 많고……. 아, 울지 말라니까……. 뭐라고? 할머니가 밥도 안 먹고 있다고, 곧 죽게 생겼다고……? 알았어, 알았어. 갈게 가." 수화기를 쾅 하고 내려놓으며 '아 정말 미치겠네'라고 중얼거리며 나가는 친구도 있다.

"끝나면 집에 가서 밥 먹을게. 정말이라니까?"

이 세상의 모든 어머니한테는 밥이 최고로 소중한 것만 같았다. 밥 먹었냐? 밥은 먹고 다니냐? 시골에 사는 어머니도 내게 그렇게 했다. 쑥버무리를 해주면서 밀가루로 했다고 미안해하던 어머니. 보고 싶다. 누나는 잘 있는지 모르겠다. 발산 언덕배기의 문간방에 시커먼 놈들이 들락거리지 않는지……. 언젠가 충장로에서 누나가 어떤 놈과 오리탕과 소주를 앞에 놓고 데이트하는 것을 본 적이 있다. 단둘은 아니었다. 공돌이 공순이가 무슨 미팅이라도 하는 모양이었는데, 그것만 봤어도 머리에서 열불이 솟았다. 물론 꼬장을 부리진 않았다. 모른 척 지나갔었다.

"엄마, 내일 꼭 집으로 갈게. 걱정하지 마세요."교련복 차림의 청년이 공손하게 말하고 전화를 끊었다.

돌아갈 집이 있다는 것은 참 좋은 일이다. 나도 돌아갈 곳이 있다. 누나랑 자취하던 발산도 있고 광천시민아파트의 콧구멍만한 방과 들불야학도 있다. 내일이면 망월에서 희순을 만나 데이트도 할 수 있다. 내일이 있다는 것도 참 좋은 일이다.

2. _____ 저녁 8시

    비가 그쳤고 구름이 서서히 물러나기 시작했다.

    상황실에서 나오니, 기자회견이 끝난 모양이었다. 기자들이 대변인실에서 나오는 게 보였다. 상우 형을 찾아 대변인실로 들어갔다. 상우 형이 전지 위에 매직으로 대자보를 쓰고 있었다. 미국이 광주 문제의 원만한 해결을 위해 곧 개입할 것이라는 내용이었다. 나는 고개를 갸웃했다. 거짓말인데, 상우 형은 '시민 여러분 안심하십시오'라고 썼다.

    "붙여. 도청 안에 붙이지 말고 정문 밖에다."

    "이거, 사실이 아니잖아요." 내가 따지듯 물었다.

    "사실은 아니지만 염원이잖아." 상우 형이 대답했다.

    "애매해, 애매해." 상우 형의 대답에 납득이 되질 않았다.

    나는 대자보를 정문 밖에다 붙였다. 미국이 한국의 민주주의를 위해 개입할까? 부산에 와 있다는 미국의 항공모함에 기대를 거는 사람들도 있었다. 나는 미국을 '좋은 나라'라고 배웠다. 국민학교에 다닐 때, 담임 선생님이 우유 가루를 책 보따리에 한 됫박씩 담아주면서 '미국이 주었다'라고 말했다. 우유 가루를 얇은 두께의 도시락에 넣고 찌면 건빵처럼 딱딱하게 굳었다. 그것을 빨아 먹으며 미국에 고마워했다. 그러니 이번에도 미국이 도와주길 이 도시의 시민들은 간절히 원하고 있는 것이다. 나도 그렇다. 어서어서 미국이 와서 저 나쁜 놈들을 물리쳐주길 바라고 있다. 상우 형은 그 마음을 알고 대자보를 작성한 것이다.

"미국은 세계 최고의 민주주의국가니까, 우리를 도우러 오겠지. 빨리 왔으면 좋겠구만."

대자보를 읽으며 시민 아저씨가 말했다.

"어차피 올 거면 빨리 좀 오지, 부산에서 뭐 한다고 이렇게 늑장을 부리고 있을까?"

옆의 아주머니가 맞장구를 쳤다.

"아마 안 올 거 같은데……. 코쟁이들이 오려나 싶소."

방석모를 손에 든, 짧게 깎은 머리의 깍두기처럼 생긴 시민군 청년이 엇나가는 말을 해서 아주머니와 아저씨의 말에 초를 쳤다.

"아이고, 우리 애는 어디에 있나? 빨리 찾아 데리고 가야 하는데."

아주머니와 아저씨는 도청에 있는 자식을 찾으러 온 사람들이었다. 자식 가진 부모라면 당연히 해야 할 일이다.

대변인실로 갔더니 상우 형이 혼자 앉아 있었다. 이럴 때 혼자 있으면 왠지 청승맞아 보였다. 헛기침을 하며 인기척을 하자 상우 형이 고개를 들어 나를 봤다.

"잘 붙였냐?" 상우 형이 담담한 말투로 물었다.

"잘 붙였지 그럼. 떨어지게 붙였것소?" 약간 싸가지 없는 말투로 대꾸했다.

"안 떨어지게, 단단하게?"

"그래 떨어지게 붙였소. 바람에 훅 날아가게."

속에서 꼬라지가 확 올라왔다. 상우 형은 본래 신중한 사람이라 일의 시작과 끝이 착오 없는 것을 좋아했다. 그래도 가끔은 재수 없이 굴었다. 내가 꼬라지를 부리자 상우 형이 피식 웃었다.

"회의실에 먼저 가 있어. 곧 갈 테니."

"뭐 일도 없구만, 같이 가지." 내가 퉁명스럽게 말

했다.

"십 분만 혼자 있자." 상우 형이 말했다.

"영준 형 혼자 잘할까?" 상우 형에게 물었다.

"용호가 옆에 있으니……. 영준이는 단단한 사람이
잖냐." 상우 형이 대답했다.

영준 형이 키는 작아도 붉은벽돌처럼 아주 단단한
사람인 것은 누구나 인정했다. 상우 형이 눈을 감았다.
피곤이 온 얼굴과 몸에 덕지덕지 붙어 떨어질 기미가
보이질 않았다. 혼자 좀 휴식을 취하게 그냥 내버려두
는 것도 좋을 듯싶었다. 혼자 고독을 씹으며 절망하거
나 마음이 아프지 않기를 바랄 뿐이었다. 상우 형을 대
변인실에 남겨두고 별관으로 건너왔다. 별관 회의실에
도착하니 사람들의 열기가 훅 끼쳐왔다. 누군가가 카빈
소총을 손에 높이 들고 큰소리로 교육을 하고 있었다.

"이 총을 카빈이라고 부릅니다. 예비군용으로 사용
하는 오래된 총이죠. 실제로 거의 사격을 하지 않기 때
문에 실탄이 제대로 장전되지 않을 수도 있습니다. 실
탄을 탄창에 모두 끼웠습니까?"

대답이 시원하지 않자 교관이 또 물었다. 이번에는
우렁차게 대답했다. 탄창에는 실탄이 세 발밖에 없었

다. 쯧, 혀를 차고 돌아섰다. 세 발의 실탄으로 무엇을 할 수 있을까? 나는 구름다리 위에서 YWCA에 있는 식구들을 생각했다.

*

26일 새벽 4시, YWCA는 적막했다.

눈꺼풀이 천근만근 무거웠고, 머리가 지끈지끈 아팠다. 잠을 자야 하는데 벌써 며칠째 한숨도 못 잤다. 눈이 감기지 않으니 뜨고 있는 것이다. 기름종이에다 철필을 긁는 영준 형의 눈자위가 붉다. 비록 키는 작지만 생각도 빠르고 동작도 빠른 사람이다. 형은 고아다. 고아가 아닌 나도 살기가 이렇게 팍팍한데, 저 형은 얼마나 힘들었을까? 날이 밝으면 어제의 상황을 정리하여 회보를 만들어야 했다. 투쟁위원회 대변인인 상우 형이 도청에서 회의를 마치고 돌아와 상황을 정리해주면 영준 형이 초안을 만들었다. 그 초안을 용호 형이 검토해서 수정하면 영준 형이 가리방을 긁었다. 그것이 회보 제작의 첫 순서였다.

광천시민아파트의 작은 방에서 영준 형을 처음 만

낳을 때, 형이 고아인 줄 몰랐다. 들불야학이 시작되고 오래지 않아 강학들과 함께 술자리를 가졌는데, 거기서 영준 형을 만났다. 금남로에 있는 신협에 다닌다고 했다. 키 작은 천재. 이게 영준 형에 대한 나의 첫 평가였다. 아는 것도 많고 노래도 벨칸토 창법으로 멋지게 뽑아내고 강학들과도 너나들이하며 어울리는 것을 보고 대학생이라고 생각했다.

술자리에서 나는「고아」를 불렀다. 야학 입학식 날 장기 자랑 시간에는 장은숙의「함께 춤을 추어요」를 막춤과 함께 불렀다. 사회자가 흥이 많은 학생으로 칭찬을 했다. 겉보기에는 흥이 많은 사람처럼 보였지만 사실 나는 '고아의식'에 사로잡혀 있었다. 고등학교에 다니거나 대학에 다니는 어릴 적 불알친구들은 시골에서 쌀이니 김치 같은 것들을 가져왔고 집에서 학비도 받았지만, 나는 받을 수도 보낼 수도 없었다. 혼자 목숨 부지하기도 버거운 날들이 이어지고 이어지니 부모님 얼굴도 까먹을 정도였다. 물론 아주 가끔 부모님은 발산의 누나 자취방으로 쌀과 채소를 부쳐주었다. 쌀과 채소를 받을 때마다 누나는 울었다. 코가 빨개져서 김치를 담갔다.

'날 때부터 고아는 아니었다 애즈녁에 애절한 아이여 들풀처럼 버려진 이 한목숨 가시밭길 헤치며 살았다…… 외로울 땐 주먹을 깨물었고 서러울 땐 눈물을 삼켰다……'를 부르는데 영준 형이 고개를 푹 숙이더니 주먹만한 눈물을 뚝뚝 흘렸다. 내가 노래를 잘해서 그러는가 싶어 더욱더 감정을 실었다. 노래 부르기가 한 바퀴 돌아 내 차례가 되자 이번에는 윤연선의 「고아」를 불렀다. '안개가 사라지듯 사랑은 잠시라고, 엄마는 나에게 언제나 말하셨지……' 노래가 끝나기도 전에 영준 형이 방에서 나갔다.

"야!" 희순이 소리를 꽥 질렀다.

"너 몰랐어?" 상우 형이 물었다.

"뭐를요?" 영문을 몰라 내가 되물었다.

"영준 형은 고아원에서 자랐어." 희순의 한마디가 내 이마를 세게 후려졌다. 방 안에 잠시 침묵이 돌았다. 기분이 아주 지랄이었다. 나는 구석으로 물러나 입을 다물었다. 잠시 후 영준 형이 씨익 웃으며 방으로 들어왔다.

"오줌 마려 혼났네." 영준 형이 내 옆에 앉으며 말했다. 영준 형이 구석에 앉아 있는 내 손을 잡아끌어 옆에 앉혔다. 그는 내 앞의 빈 잔에다 소주를 채웠다. 이어 빈 잔을 내밀었다. 내가 그의 잔에 소주를 채웠다. 영준 형이 '건배'하며 단숨에 소주를 들이켰다. 나도 마셨다. 영준 형이 소주잔을 머리에 거꾸로 올려놓고 '딸랑딸랑'이라고 했다. 모두가 웃었다. 영준 형은 진짜 고아였지만 나도 고아처럼 자랐다. 국민학교만 졸업하고 시골에서 올라와 이곳저곳 가게나 공장을 옮겨 다니며 지금껏 살아왔다.

영준 형의 키는 아주 작다. 150센티 정도 되는데 몸피마저도 자그마하다. 오륙 년 원숭이띠니 나보다 네 살 많은 형이다. 영준 형을 보면 괜히 슬프다. 못 먹어서 자라지 못한 것 같다. 핏덩이일 때 조선대 앞에 있는 학동고아원에 버려졌다. 고아원이 생긴 지 며칠 되지 않아 그랬다고 했다. 학동고아원에서 무등육아원으로 옮긴 뒤로는 적응을 못해 아예 나와버렸다. 구두닦이, 중화요리 배달원 등 온갖 허드렛일을 하며 살다가 학동고아원 원장의 주선으로 YWCA 신용협동조합에 취직했다. 날마다 주변 상가를 돌아다니면서 그날그날의 적립금을 받아 사무실로 돌아와 정리하는 일을 했다. 영준 형은 돈을 절약하기 위해 사무실 소파에서 잠을 잤고, 연탄난로에 라면을 끓여 먹으며 살았다. 야간 고등학교를 다녔고 방송통신대학도 졸업했다.

밤새 지직거리던 도청 상황실과 연결된 무전기도 조용해진 시간이었다.

"눈 좀 붙여 형." 공책에다 무언가를 끄적거리고 있는 영준 형을 보고 말했다.

"잠이 와야지. 아우, 뻐근해." 영준 형이 테이블에다 온몸을 기대며 간신히 일어나 기지개를 켰다. "모래가 눈에도 한 움큼, 머리 속에도 한 움큼 들어 있는 것 같아."

"형, 밖에 나가서 콧구멍에 신선한 바람 좀 넣고 오자."

"그럴까?"

밖에 나오니 어디에선가 아카시아 향이 풍겨 왔다. 오랜만에 맡아보는 꽃향기였다. 코를 벌름거리며 꽃향기를 최대한 빨아들였다.

"아카시아꽃 튀김 먹어봤어요?"

내 질문에 영준 형이 아무런 대꾸도 하지 않았다. 아이쿠, 이놈의 주둥아리를. 손바닥으로 내 입을 툭 쳤다. 그 모습을 보고 영준 형이 빙그레 웃었다.

"그게 뭔데?"

"시골에 살 때, 먹을 게 없으니까. 아카시아꽃이 피면 그것을 따서 생것으로 먹거나 기름에 튀겨 먹었어. 별거 아냐." 변명투로 말했다.

"그래? 맛있겠는 걸? 우리도 내일 해 먹어보자. 근처에 아카시아나무 천지인데 뭐."

"좋아요. 내가 회보 배포하자마자 따올게."

영준 형과 나는 꽃향기를 실컷 맡고 거실로 돌아왔다. 거실 문을 여는 순간, 무전기가 시끄럽게 떠들어대고 있었다.

"상황실! 상황실! 여기는 타격대 7조, 계엄군 탱크다. 농성동 통합병원을 지나 시내로 향하고 있다!"

"본부, 본부! 대동고 앞 3조, 장갑차, 장갑차다!"

"상황실! 상황실! 공수부대가 오고 있다. 놈들이 오고 있다."

놈들이 오고 있다.

이 한마디가 귀에 콱 박혔다. 가슴이 서늘해졌다. 놈들은 그냥 오는 것이 아니다. 놈들은 탱크와 장갑차,

헬리콥터와 화염방사기까지 앞세우고 올 것이다. 놈들은 그냥 오는 게 아니다. 놈들이 지나간 자취마다 붉은 피가 홍건할 것이다. 우리는 놈들이 우리의 도시를 유린하지 못하게 하려고, 여기에 있는 것이다. 그들은 계엄군이 아니라 침략군이다.

잠을 자거나 졸고 있던 회보 제작 동료들이 화들짝 놀라 몸을 일으켰다. 모두 눈에 핏발이 서 있었다. YWCA에는 가정집처럼 만들어놓은 공간이 있다. 소파와 테이블이 있는 거실이 있고, 부엌도 있으며 여러 개의 작은 방들이 마련되어 있다. 방에 있던 송백회 여성들이며 다른 사람들도 거실로 몰려나왔다. 용호 형이 사람들을 진정시켰다.

"비상 상황이라 대변인이 여기로 오기 어려울 터이니, 제가 도청에 가서 상황을 보고 오겠습니다." 영준 형이 말했다.

"나도 같이 갔다 오겠습니다." 내가 손을 번쩍 들고 말했다.

나와 영준 형은 YWCA를 나와 도청을 향해 뛰었다. 기동타격대 트럭이 텅 빈 금남로를 질주하며 어딘가로 달려갔다. 광주는 바야흐로 죽음의 새벽을 맞이하고 있었다. 도청에 도착하니 발칵 뒤집힌 상태였다.

*

　죽음의 행진을 마치고 돌아오자마자 영준 형이 철필을 잡았다. 나를 비롯한 들불의 식구들은 등사기 앞에서 대기했다. 영준 형은 원고지에 빠르게 초안을 잡기 시작했다. 상우 형이 오전에 시민궐기대회를 개최할 예정이니, 그 전에 회보가 나와야 한다고 전화로 연락했다. 보통은 상우 형이 초안을 잡았는데 오늘은 영준형이 초안도 직접 잡아야 했다. 시간이 별로 없어서 손에 땀이 났다. 초안이 빨리 안 잡히는지 영준 형이 철필을 놓고 눈을 감았다.

　작가 황수영의 양림동 집에서 가져온 반자동 롤러 등사기 한 대, YWCA에 있었던 반자동 등사기 한 대, 들불야학에서 가져온 수동 등사기 하나와 어디에서 가져왔는지 기억나지 않는 수동 등사기 하나가 준비되어 있었다. 검은 잉크를 잔뜩 머금은 롤러와 16절 갱지도 충분히 확보해두었다.

　파라핀과 송진 등을 섞어 만든 등사원지를 0.1밀리

정도의 간격으로 촘촘하게 가로세로로 줄이 그어진 철판(가리방)에다 올려놓고 송곳처럼 끝이 뾰족한 철필로 새기는 것을 두고 '가리방 긁는다'라고 했다. 나는 태어나서 처음으로 가리방 긁는 것을 보았다. 등사원지는 습자지처럼 얇아 무척 조심스레 다루어야 했다. 등사원지에 철필이 지나가면 머리카락 굵기의 구멍이 생기면서 글씨가 새겨졌다. 글씨가 새겨진 등사원지를 원통 롤러에 붙여 돌리는 방식이 반자동식이고, 틀에 끼운 뒤 그 위에서 롤러를 밀어 한 장씩 인쇄하는 게 수동식이다. 손가락에 고무 골무를 끼고 인쇄된 유인물을 빼내 차곡차곡 쌓았다.

잠시 생각에 잠겨 있던 영준 형이 철필을 잡고 등사원지에 글을 쓰기 시작했다. 지금은 워낙 비상 상황인데다 용호 형도 상황을 살피느라 밖에 나가 있는 터라 순서를 지키거나 상의할 틈이 없었다. 영준 형의 눈이 반짝반짝 빛났다. 나는 그의 글씨에도 탄복했지만 어마어마한 독서량과 상식에도 감동했다. 영준 형의 자취방에 마음껏 드나들 수 있다는 것 자체가 내게는 행운이었다.

다 같이 단결합시다!!

"급보"
광주 시민 여러분! 현 시국은 단결의 힘만이 필요한 때입니다.
오늘(26일) 오전 6시 30분 계엄군은 탱크를 몰고 돌고개까지
진군하였습니다.
……
우리 광주 시민 전남 도민의 승리는 머지않았습니다.

긴급한 상황인데도 영준 형의 글씨는 반듯했다. 영
준 형의 핏발 선 눈자위는 온통 붉었지만 눈빛만큼은
맑았다. 영준 형은 아주 빠른 속도로 가슴에서 떠오르
는 문장을 철필로 긁었다. 짧은 시간에 16절 갱지에 가
득 찰 정도로 내용이 채워졌다.

"가져가 빨리."

나는 얼른 등사원지를 대기하고 있는 옆 사람에게
넘겼다. 그는 재빨리 롤러에 등사원지를 감고 손잡이
를 돌렸다. 갱지에 《급보》가 인쇄되어 나왔다. 그사이
에 영준 형은 《민주시민회보》 '제9호 1980.5.26.(月)'을
등사원지에 긁기 시작했다. 《급보》보다 글씨가 작았고
내용도 많았다. 완성하는데 거의 한 시간이 걸렸다. 옆
에서 지켜보는데 애가 탈 지경이었다. 철커덕거리며 롤

러를 돌리는 사람도 고무 골무를 손가락에 끼고 인쇄된 갱지를 빼내는 사람도 가지런하게 정리하는 사람도 모두 들불 식구들이었다. 식구 중에서 희순만 보이지 않았다. 그리운 사람. 유치하게도 이런 생각이 들었다.

만일 지금 희순이 여기에 있다면, 우리 모두 입에서 거품이 날 정도로 일을 해야만 했을 것이다. 잠시라도 노닥거리며 노는 꼴을 봐줄 사람이 아니었다. 아마 YWCA 전체에서 대장을 하고 있을 것이다. 무슨 여자가 그리도 억센지……. 옷차림도 아가씨와는 거리가 참 멀었다. 짧게 묶은 꽁지 머리, 오빠들이 입었을 헐렁한 티셔츠와 검게 물들인 건빵바지에 운동화 차림이었다. 구두를 신은 것을 본 적이 아예 없었다. 그런 여자를 사랑하는 나는 또 뭔가? 천하의 노명수가 말이다. 《민주시민회보》 9호가 등사원지를 꼬박 채우고 완성되었다. 나는 등사원지를 받아 롤러에 감고 돌렸다. 잉크를 받은 갱지가 착착 빠져나왔다.

"이 종이에 적힌 글이 과연 총칼보다 더 강할까?"

문득 이런 생각이 들었다.

오늘이 26일이니 닷새 전 21일, 강학과 학생들이 광천동성당 교리실의 들불야학 교실로 삼삼오오 모였다. 상우 형이 녹두서점을 나오면서 긴급 소집한 것이었다.

"그동안 극단 광대, 백제야학, 고교생들이 긴급하게 유인물을 만들어서 배포해왔어. 신문과 방송이 못하는 일을 그들이 했던 거야. 오늘 회의에서 우리 들불야학 팀이 홍보를 맡아 《투사회보》를 제작하기로 역할 분담을 했어. 문안 작성은 나와 용호가 하고, 글씨 잘 쓰는 영준이와 동근이가 필경을 하고, 등사는 나명환과 서대호가 하고……. 노명수는 종이를 조달하고 순임이는 취사를 맡아."

나도 앞에서 말한 팀들이 만들어 배포한 유인물을 본 적이 있다. 속이 답답할 때 그런 유인물이라도 보니 무척 반가웠다. 종이 조달과 배포 그리고 취사까지 강학과 학생들 모두에게 역할이 주어졌다. 희순의 이름은 끝내 불리지 않았다. 희순은 언제 어디에서나 함께했지만 또한 그림자도 없는 사람이기도 했다. 내게는 희순의 부재가 곧 슬픔이었다. '너를 만난 이후에 나는 사람이 되었는데, 너는 어디에 있는 것이냐. 너와 아름다운 사랑을 해보고 싶은데, 너는 어찌 나를 가없는 그리움 속에 가두었단 말이냐?' 나는 희순에 대한 그리움의 말을 가슴에다 새겼다.

"형님! 총을 들고 싸워야지요! 지금 시민들은 공수의 잔인무도한 살인에 맞서 총을 들고 싸우면서 피를 흘리고 있습니다. 공수의 대검에 젖가슴이 잘려나간 여학생도 있답니다. 그런데 이따위 유인물이나 만들어야 합니까? 이게 무슨 소용이 있습니까? 우리도 나가서 싸웁시다. 유인물이 아닌 총을 들자고요!"

상우 형이 역할을 나눠주자마자 서대호 강학이 얼굴을 붉히며 고함을 지르듯이 따지고 들었다. 그의 목에 푸른 핏줄이 선명하게 도드라졌다.

"미국 사람을 인질로 잡고 싸움을 조직화합시다." 서대호 강학은 이런 말까지 덧붙였다. 상우 형이 입술을 지그시 깨물었다.

"야, 이 자식아. 유인물 작업이 얼마나 중요한지 알아? 총칼 들고 싸우는 거나 똑같아. 너 지금 금남로로 뛰어가, 분노 하나로, 시민들을 조직하고 통제할 수 있어? 시민들의 투쟁을 조직하고 통제하면서, 투쟁의 방향을 제시하고 투쟁을 한 차원 높이기 위해, 우리가 지금 이 고생을 하는 거야. 저 간악한 공수 놈들은 지금,

총을 든 한 사람보다, 천 사람이 총을 들게 만드는 한 장의 유인물을 더 무서워한단 말이다. 펜은 칼보다 더 강하다. 이런 말이 있다. 우리는 그 말을 믿고 사명감을 갖고 《투사회보》를 제작해야만 해."

상우 형의 말에 모두들 침묵했다. 솔직히 나는 그 말을 믿을 수 없었다. 아무리 상우 형이 그렇게 말한다고 해서, 어떻게 유인물이 총칼을 이길 수 있단 말인가. 신문도 아니고, 한 장의 유인물로 계엄군을 이길 생각을 하는 것 자체가 신기했다. 나는 서대호 강학의 말이 옳다고 생각했다. 공수부대는 총을 쏘며 시민들을 죽이고 있는데 우리는 기껏해야 유인물 정도만 만들어 뿌리고 있다니. 희순이라면 이럴 때 어떤 결정을 내렸을까? 희순이라면…… 상우 형을 따라 유인물을 찍어 내고 뿌릴 것만 같았다.

"이 갱지에 인쇄되는 내용이 별거 아닌 거 같아도 진실에 목마른 시민들의 눈과 귀가 되어야 하고 또 될 것이라 믿어. 지금 광주에 필요한 것은 '참 언론'이야. 우리가 봤다시피 신문과 방송을 어떻게 믿어? 기자들은 사진도 찍고 취재도 하지만 정작 신문이나 방송은 전두환 일당이 내보낸 보도 자료만 베낄 뿐이야. 저들은 전두환의 앵무새일 뿐이야. 우리는 우리의 신문을 직접 만들어야 해. 그것이 《투사회보》야. 우리 시민들의 피 끓는 감정을 누가 대변하고, 누가 투쟁의 방향을 제공해? 아무도 없잖아. 그러니 우리가 해야지. 자자, 주어진 역할대로 열심히 하자. 우리는 이미 총칼을 들고 있는 거야."

우리에게 다른 선택은 없었다. 수동식 등사기를 이용해 아주 원시적인 방식으로 한 장씩 유인물을 만들었다. 오백 장 정도를 인쇄하면 등사원지가 찢어져 다시 철필을 긁어야만 했다. 계엄군이나 형사가 덮칠까 싶어 야학 교실에서 나와 광천동의 빈집으로 옮겨 제작하기도 했다. 그러다가 24일부터 《투사회보》 작업은 도청 지도부의 직접 지도를 받기로 결정되었다. 자연스레 제작 장소를 도청과 가까운 YWCA로 옮겼다. 나도 그때 같이 옮겨 왔다.

밤에 《투사회보》를 제작하고 날이 밝으면 내가 들고 나가 도청을 비롯한 여러 곳에 신문 배달하듯이 배포했다. 배포가 끝나면 인쇄 골목이나 종이 공장으로 가서 갱지를 구하거나 모금을 하였다. 공짜로 갱지를 가져오는 게 아니었다. 저녁 식사를 마친 이후에 그날의 모든 상황이 모여들고 종합이 되면 초안이 작성되었다.

"이 한 몸의 희생으로 자유를 얻을 수 있다면 희생하겠습니다. 하느님, 도와주소서. 모든 걸 용서하시고 세상에 관용과 사랑을!"

영준 형이 일기장에 무언가를 적기에 고개를 길게 빼어 읽어보았다. 나도 모르게 그만 등사를 멈추고 말았다. 영준 형의 일기는 최루탄보다 매웠다. 나는 어금니를 꽉 깨물고 영준 형을 보았다. 영준 형의 표정은 담담하기 그지없었다. 이어 그는 일기장을 덮고 200자 원고지를 가져와 세로로 세우더니 네모의 칸 밖에다 "무등산은 모든 것을 알고 있으리라.《민주시민회보》제10호"라고 적었다. 영준 형은 대체 어떤 사람인가? 어떤 사람이길래 이토록 커 보이는가? 나는 작은 거인을 앞에 둔 기분이 들었다.

*

총을 맞으면 사람이 죽는다.

우리는 지난 며칠 동안 총에 맞아 죽는 사람을 많이 보았다. 총을 들고 목표물을 조준하고 방아쇠를 당기면 총알이 발사된다. 총알은 엄청난 속도로 회전하며 날아간다. 총알은 작은 구멍을 남기고 몸속으로 들어가 엄청난 속도로 회전하며 살이며 뼈를 찢어버린다. 다리나 어깨에 총을 맞으면 살아날 수 있지만 몸통에 맞으면 살아날 수 없는 이유가 총알의 회전에 있다. 하지만 유인물은 사람을 죽이지 않는다. 바람처럼 가볍게 멀리 날아갈 뿐이다. 그러나 이제는 유인물을 만들고 배포하던 손으로 총을 잡고 있다.

총의 무게가 묵직하게 손이나 어깨로 전해졌다. 총은 무서운 물건이다. 장난감이 아니다. 상우 형을 따라 별관 2층 회의실에 도착하니 서른 초반으로 보이는 예비군복 차림의 남자가 총에 대해 열띠게 교육 중이었다.

"우리가 가지고 있는 총은 카빈으로 아주 오래된 총입니다. 지금 군대가 사용하고 있는 총은 월남전 때 미군이 사용하던 식스틴입니다. 식스틴이 대학생이라면 카빈은 중학생 정도라고 생각하면 됩니다."

교관의 말에 여기저기서 웅성거리기 시작했다. 나도

손에 총을 쥐고 새삼스레 자세히 살펴보았다. 단순하게 만들어진 작은 총이다. 개머리판은 나무로 되어 있고 총신은 짧았다. 총신이 짧으면 명중률이 낮다는 말을 며칠 전에 들었던 것도 같다. 군인도 아닌 내가 총을 들고 있을 줄은 몰랐다.

"그래도 이 총에 맞으면 사람이 죽습니다. 그러니 신중하게 다뤄야 합니다. 일단 우리 총은 오래되었기 때문에 실탄이 제대로 장전되지 않을 수도 있습니다. 실탄이 장전되지 않았는데 방아쇠를 당기면 약실에서 실탄이 터져 화상을 입기 쉬우니 한 방을 쏘고 나서 노리쇠를 손으로 쳐야 합니다. 자, 시범을 보입니다. 이렇게 툭 치면 됩니다. 사격 후에는 왼쪽으로 굴러서 적군의 조준을 피해야 하는 것도 잊지 말고요. 알았습니까?"

"네⋯⋯." 대원들의 대답이 시원찮았다.

"이래서 싸울 수 있겠습니까? 알았습니까?"

"네!" 우렁찬 대답이 회의실에 울려 퍼졌다.

대원들의 일치된 대답을 듣는 순간 이상하게도 배가 고팠다. 나는 슬프면 배가 고파지는 이상한 습관을 갖고 있다. 그럴 때는 뭐든지 먹어야 했다. 가게에 가서 보름달 빵을 두어 개 사서 통째로 입에 밀어 넣으면 슬픔이 조금씩 밀려 내려가는 기분이 들었다. 슬픔이 똥도 아닌데, 위에서 아래로 밀려 내려가는 것이다. 보름달 빵으로 안 되면 라면을 세 개쯤 한꺼번에 끓여 먹기도 했다. 당장 먹을 것도 없는데 배가 고프니 미칠 지경이었다. 그러나 지금은 맹렬한 이 허기를 견딜 때였다. 상우 형이 연단으로 올라갔다.

"투쟁위원회 대변인 윤상우입니다."

상우 형의 인사에 대원들이 우레와 같은 박수로 맞장구를 쳐주었다. 상우 형이 웃으며 손을 흔든 뒤 헛기침을 했다.

"방금 외신기자회견을 끝내고 왔습니다. 외신기자들한테 우리의 확고한 의지를 충분히 설명했습니다."

"와아!" 대원들이 환호성을 질렀고 총을 바닥에 쿵쿵 찍었다. 상우 형이 손을 들자 이내 조용해졌다.

"전두환 살인마가 우리 시민들을 무차별적으로 살육했습니다. 그것은 여기 모인 사람 모두가 다 알고 있는 명백한 내용입니다. 오늘도 남평 가는 야산에서 암매장된 시신을 찾아왔습니다. 행방불명자가 이미 수백이 넘습니다. 도청에는 신원이 확인되지 않은 시신들이 썩어가고 있습니다. 자유와 민주를 위해 싸우다 돌아가신 분들입니다. 그들의 숭고한 뜻이 헛되지 않도록 우리는 싸워야 합니다. 시민들의 생명을 보호하기 위해 시민군이 되고자 도청으로 오신 여러분을 뜨거운 마음으로 환영합니다. 우리는 비상계엄을 해제하고 민주정부를 수립할 때까지 싸워야 합니다. 우리는 이 도시의 시민만을 지키기 위해 총을 든 것이 아닙니다. 우리가 총을 든 것은 이 나라의 민주주의를 실현하기 위해서입니다.”

여기까지 말하고 상우 형은 손가락 세 개를 펴 보였다.

“외신기자들이 손가락 세 개를 펴 보이며, 오늘까지 포함해서 앞으로 사흘만 더 버티면 전두환은 물러날 것이라고 합니다.”

“와아!!!”

함성이 터졌다. 함성을 지르면서도 마음 한구석이 찝찝해졌다. 상우 형은 오늘따라 거짓말을 자연스럽게 했다. 평소에는 작은 거짓말도 제대로 못해 얼굴이 연탄불처럼 빨갛게 타오르곤 하는 사람이 아니던가. 신물이 올라오도록 배가 고파왔다. 연설이 끝나면 지하 구내식당으로 가서 밥을 먹어야지, 생각했다. 상우 형도 점심부터 굶는 중이었다. 새벽부터 상황이 발생하는 바람에 주먹밥조차 먹을 시간이 없었다. 소금 간만 들어간 주먹밥은 사실 눈물 밥이었다. 그것을 먹고 공수부대와 계엄군과 싸웠으니 말이다. 상우 형의 연설이 끝나가고 있다. 아까 초저녁에 취사실 창문으로 카레 냄새가 올라왔던 기억이 떠올랐다.

"끝까지 싸울 수 있습니까?" 상우 형이 물었다.

"네, 싸우겠습니다!" 시민군이 우렁찬 목소리로 화답했다.

상우 형이 연설을 끝내고 내려왔다. 대열에서 여러 사람이 튀어나와 상우 형과 악수했다.

"피리 부는 소년, 잘했어." 내가 말했다.

"멋지게 했냐?" 상우 형이 으쓱한 표정으로 물었다.

"아, 배고파. 밥 먹고 합시다. 금강산도 식후경인데." 내가 말했다.

"그래 가자."

나는 상우 형과 함께 민원실 지하 구내식당으로 내려갔다. 식당에 들어가 살펴보니, 카레는 물론이고 주먹밥도 남아 있지 않았다. 식당에는 스무 명 남짓의 여성들이 내일 아침에 먹을 밥을 준비하고 있었다. 나도 모르게 눈길이 희순을 닮은 여고생한테 가고 있다.

"아이쿠, 명수가 웬일이래? 우리 대변인도 오셨네."

식당에서 취사를 책임지고 있는 미숙 누님이 다가왔다. 미숙 누님은 우리가 통칭 '형수'라고 부르는 후덕한 사람이었다. 그의 남편은 항쟁지도부에서 일을 하고 있는 양현철 형으로 상우 형과 친구였다. 현철 형은 서울에서 대학을 다니다 중간에 그만두고 청계천 등지에서 노동자로 일하다가 광주로 내려왔다고 했다. 광천동에 있는 서울샷슈공업사에서 일을 하고 있어서 야학 등지에서 자주 보았다. 그는 투쟁위원회의 기획위원이었고, 미숙 누님은 취사반을 책임지고 있었다. 부부가 도청에서 중요한 일을 하고 있는 셈이었다. 나는 정말이지 상우 형과 현철 형을 이해하기 어려웠다. 둘 다 동갑인데다 대학을 다니다가 그만두고 노동자로 산다는 게 정말 이상했다. 상우 형은 서울에서 은행을 다니다 내려왔다. 나로서는 꿈도 못 꿀 일이었다.

"형수님 배고파요. 아까 카레 냄새가 나더만." 내가 애교를 부리듯이 말했다.

"카레? 다 떨어졌는데, 못 먹었어?" 형수가 안타까운 눈빛과 함께 물었다.

"먹을 시간이 있어야지요. 대변인께서 5시 조금 지나 기자회견을 했고, 나는 경호원이고."

"하이고, 어쩐대? 밥도 없고, 카레도 없고."

"괜찮아요, 형수님. 일 보셔요." 상우 형이 웃으며 말했다.

"아니야, 아니야. 냄비에다 빨리 밥을 해줄게." 형수가 냄비를 찾아 두리번거렸다.

"여기 빵이랑 음료수가 많네. 이거 먹을게 이거." 상우 형이 빵과 음료수가 가득 담긴 박스를 가리켰다.

"미안해서 어쩐대?" 형수가 울상을 지었다.

"미안하긴 뭐, 우리가 늦게 온 거지."

상우 형이 빵을 꺼내 내게 던졌다. 광천동에서 가끔사 먹던 보름달 빵이었다. 보름달을 씹으며 민원실 지하에서 올라왔더니 수습위원회의 이종석 변호사가 정문 앞에서 누군가와 서 있었다. 상우 형이 꾸벅 인사했다.

"오늘 밤만 수고하면 내일은 무슨 좋은 일이 있지 않겠나 싶네. 고생하시게."

"네, 변호사님 아무 걱정 마시고 들어가 쉬세요." 상우 형이 말했다.

"아버지 걱정하지 마세요. 저도 내일 아침에는 집에

가서 밥 먹을게요." 효균이 말했다.

"아버지 걱정마세요. 효균이는 제가 잘 지켜줄게요."
병규가 와서 넉살 좋게 말하며 웃었다.

"그래 병규 너만 믿고 간다." 이 변호사가 정문을 나
갔다.

그는 광장을 향해 성큼성큼 걷지 못하고 몇 번이나
걸음을 멈추고 뒤를 돌아보았다. 효균과 병규가 오래
손을 흔들었다.

"쟤네들은 고교 동창이야. 병규는 동국대 한의대 다
니는데 휴교령이 내려지는 바람에 내려왔고 효균이는
전대 국문과 다니고. 모두 1학년, 너랑 동갑이다."

이 변호사가 멀어지자 묻지도 않았는데 상우 형이
두 친구에 대해 말해줬다. 나 같은 공돌이와는 차원이
다른 대학생들이었다. 왠지 씁쓸하고 가슴이 아려왔다.
지나간 아흐레 동안 나를 찾아온 식구들은 아무도 없
었다.

"YWCA에 가봤으면 좋겠구만. 잘하고 있는지 모르겠네." 상우 형이 걱정스러운 투로 말했다.

"가볼까?" 내가 되물었다.

"아니, 잘하고 있겠지." 상우 형이 고개를 저었다.

나도 그렇게 생각했다. 들불에서 글씨를 제일 잘 쓰는 사람은 영준 형이고, 글을 제일 잘 쓰는 사람은 용호 형이다. 두 사람은 지금 YWCA에 있다. 용호 형은 문장을 생각해내고 영준 형은 오늘 밤에도 철필을 손에 쥐고 등사원지에 절규하는 문장을 긁을 것이다. 내일 아침에 도청을 나가 영준 형이 철필로 긁어낸 등사원지를 받아 찍으면 된다. 내일 아침에 《투사회보》11호를 제작하고 저녁에는 희순을 만나면 된다. 내일의 일이 있다는 것이 참 좋았다. 《투사회보》11호에는 '우리의 승리! 광주 해방!'이 제목으로 큼지막하게 박혔으면 좋겠다.

"가자." 상우 형이 말했다.

상우 형을 따라 3층 건설국장실로 갔다. 거기에는 여러 사람이 심각한 얼굴로 앉아 있었다. 상황부실장, 통제관, 기동타격대장, 상황실장 등 직함도 어마어마했다. 그중에서 상우 형은 대변인이었다.

"아까 8시가 조금 지난 시점에 오늘 밤 자정까지 도청을 비우지 않으면 무력으로 진압한다고 통보받았는데……. 이게 엄포인지 아닌지 모르겠어요." 박 상황실장이 무겁고 지친 표정으로 말했다.

나는 상우 형의 표정을 살펴보았다. 눈에 핏발이 가득한 지친 표정으로 두 손바닥을 펴서 마른세수를 한 뒤에 앞머리를 쓸어 넘겼다. 일주일 넘게 잠을 거의 자지 못했더니 눈이 빠질 듯 아팠다. 아마 상우 형도 그럴 터였다. 회의고 뭐고 아무것도 하지 않고 잠시라도 눈을 감고 쉴 수 있으면 좋으련만, 상황이 나쁜 듯했다.

속이 답답해서 창문을 활짝 열었다. 뒤편으로 도경찰국 건물이 곧장 보였다. 그곳에도 시민군들이 지키고 있다. 시민군은 군대가 아니다. 그냥 나 같은 사람들이 모여든 오합지졸이었다. 도청 정문 안내소 옆에 가보면 소총이며 부속품들이 쓰레기처럼 쌓여 있거나 뒹굴어

다녔다. 누구 하나 그것을 깔끔하게 챙기는 사람이 없다. 무엇을 어떻게 해야 할지 모르기 때문이다.

"우리는 잘 훈련되지도 않았고, 무기도 별거 없습니다. 에레무지(LMG) 기관총 몇 정과 낡은 소총으로 무장한 세 개 중대 정도가 전부인데⋯⋯." 박 실장이 길게 숨을 내쉬었다.

"내 목숨이야 하나도 아깝지 않지만 그래도 여기 도청과 YMCA, 시내 곳곳의 방어 거점을 지키고 있는 시민군의 생명은 누구랄 것도 없이 귀중하고 귀중해서 마음이 참 복잡합니다."

나는 도청에 있으면서 목숨이 아깝다거나 뭐 그런 생각을 해본 적이 없다. 내가 사랑하는 사람들이 여기에 있으니 여기에 있는 것이다. 나는 민주화도 투쟁도 잘 모른다. 내가 아는 것은 사랑하는 사람들의 곁을 떠나서는 안 된다는 것뿐이다. 그것이 사랑에 대한 예의다. 내게 그것을 가르친 사람은 희순이다.

"적들, 계엄군의 병력은 제1전투비행단, 화염방사기까지 갖춘 보병 제20사단, 31사단, 7, 3, 11공수 등으로 구성되어 있어요. 게다가 헬리콥터와 장갑차까지 있으니⋯⋯." 부상황실장이 계엄군의 병력과 화기에 대해 간단하게 말했다.

속으로 계산해봤지만 그 숫자가 얼마나 되는지 어림 짐작도 되지 않았다. 수학은커녕 산수도 못하는 사람 이라, 나는 중학교 검정고시 합격도 어려울 것이라고 희순이 말하곤 했다. 그래서 더 악착같이 수학을 공부 했지만 겨우 구구단만 외웠을 뿐 실력이 좀체 늘지 않 았다.

"만일 전투가 시작되고, 우리가 승리하려면 시민군 한 사람이 백 명의 적을 사살해야 한다는 계산이 나옵 니다. 그런데 우리는 겨우 세 발의 실탄을 지급할 수 있을 뿐……."

세 발의 실탄으로 백 명의 정규군을 사살하려면 앉 은뱅이가 벌떡 일어나 걷는 것과 같은 기적이 일어나 야만 했다. 상상해보니, 모세의 기적이 있다면 이길 수 있을 것 같았다. 계엄군이 도청 앞 분수대에 막 도착했 을 때, 저기 불갑산 너머 칠산 바다가 밀려와 확 쓸어 가버린다면 시민군이 승리할 수 있다. 그 장면을 홀로 상상해보니 기분이 좋아졌다.

"일단 다시 한번 상황을 점검해보고 둘러봅시다." 박 실장이 말을 마친 뒤 벌떡 일어났다.

회의란 게 참 별거 없었다. 피리 부는 소년은 끝내 입을 열지 않았다. 그의 마음 깊은 곳을 나는 알지 못했다. 대변인답지 않게 그는 말을 아끼는 사람이었다. 스스로 공돌이가 된 사람이 상우 형이었다. 나 같으면 절대로 그런 인생을 선택할 수 없을 텐데, 대학을 졸업하고도 공돌이가 된 것이다. 참 알다가도 모를 사람이었다. 한때는 희순이 상우 형을 좋아하는 것 같아 질투도 무섭게 했었다.

"실장님." 상우 형이 박 실장을 불렀다.

"예."

한 걸음 정도 앞서 가던 상황실장이 돌아서서 상우 형을 쳐다보았다.

"설마, 계엄군이 쳐들어오진 않겠죠?" 상우 형이 물었다.

상우 형을 바라보는 박 실장의 눈빛이 흔들렸다. 그 흔들리는 눈빛을 보자 다시 허기가 찾아왔다. 오늘 밤 계엄군이 쳐들어오지 않았으면 하는 것이 상우 형의 속마음이었다. 그 마음이 읽히자 나도 조금 안심이 되었다. 나도 오늘 밤 계엄군이 오지 않기를 바라고 있다. 내 마음의 흰 바람벽에는 하얀 옷을 입은 통통한 아기가 빛을 향해 기도하며 '오늘도 무사히'를 비는 작은 사진이 걸려 있다.

"…… Y에 가봅시다." 박 실장이 대답했다.

나는 상우 형의 마음도 박 실장의 마음도 알 것 같았다.

도청 정문을 나가니 수찬이 거수경례를 착 붙였다. 내가 경례를 받는 것 같아 기분이 좋았다.

정문 바로 앞에는 완전무장을 한 시민군 순찰대원들이 운전석 위에 LMG 기관총을 거치한 군용트럭에 타고 출동대기 중이었다. 수많은 시체가 안치된 상무관 앞에는 기동타격대 지프차 몇 대가 시동을 건 채 정차하고 있다. 상무관에서 진한 향냄새와 시체 썩는 냄새가 풍겨 왔다. 상무관과 도청의 시신 관리소를 담당하고 있는 사람들은 정말 대단했다. 나는 무섬증이 들어 잠시도 있기 힘든데 그들은 정성으로 시신을 다루었다.

광장으로 나오니 무등산 쪽에서 떠오른 달이 휘영청 밝았다. 하루 종일 비가 찔끔찔끔 내리더니 지금은 말끔하게 갰다. 아침나절만 하더라도 삼만여 명의 시민이 모여 집회하던 분수대가 지금은 텅 비어 있다. 월하의 공동묘지가 생각나서 소름이 끼쳤다. 내 눈에는 분수대가 월하의 공동묘지처럼 보였다. 앞에서 걸어가는 박 실장과 상우 형의 어깨 위에도 시린 달빛이 내려앉았다. 저들의 운명 어딘가에 '여기 이 순간'이 들어 있었을까? 그런 것들이 궁금했다. 살아오는 동안 단 한 번도 이 순간을 상상하지 않았을 것이다. 그것은 나도 마찬가지고 저 두 형님도 마찬가지다.

상우 형과 상황실장이 전일빌딩을 지나 YMCA 강당으로 갔다. 그곳에는 시민군에 자원해 온 고교생과 대학생 그리고 일반 청년들이 모여 있었다. 강당 안은 청년들의 열기로 뜨거웠다.

"명수 형, 상우 형!"

모여 있는 청년 사이에서 대동고 학생인 양현이 앞으로 나왔다. 김양현은 대동고에 다니는 고3이었는데 어떻게 된 영문인지는 모르겠지만 YWCA의《투사회보》팀에서 등사와 배포 등 잡일을 돕고 있는 중이었다.

"네가 여기 웬일이야?" 내가 물었다.

"쉬는 틈을 타서 잠시 와봤어요." 양현이 대답했다.

"너도 집에 들어가야 할 텐데. 고3이 참 고생도 많다."

상우 형이 양현의 등을 토닥거린 뒤 강당의 관람석

계단으로 올라갔다. 사람들이 그 주변으로 모여들었다. 상황실장이 헛기침을 한 뒤 주먹으로 입술을 두어 번 툭툭 친 다음 입을 열었다.

"여러분, 감사합니다. 이렇게 우리의 도시를 지키겠다고 남아주셔서 정말 감사합니다. 만약 오늘 밤 계엄군이 쳐들어온다면 우리는 생명을 걸고 싸워야 합니다. 생명을 건다는 것은 죽음을 의미하기도 합니다. 지금이라도 늦지 않았으니 집으로 돌아갈 사람들은 돌아가십시오."

상황실장의 말이 끝났다. 움직이는 사람은 아무도 없었고 침묵이 주위를 휘감아 돌았다. 침을 삼키는 소리가 들리고 난 뒤에야 여기저기서 웅성거렸다.

"그러면 대학생과 청장년을 뺀, 고등학생과 여성들은 돌아가시기 바랍니다. 여러분이 우리를 도와주고 함께하려는 그 숭고한 마음은 참으로 고맙습니다. 하지만 오늘 밤은 여기에 있으면 위험합니다. 고등학생과 여학생들은 돌아가시면 감사하겠습니다." 상황실장이 간곡하게 말했다.

"싫습니다!"

"싫어요. 안 가요!"

이구동성으로 반대하던 목소리 속에서 교련복을 입은 고등학생 하나가 앞으로 나섰다.

"저는 형들과 누나들과 함께 도청 민원실에서 도경으로 가는 공터에서 일했습니다. 그곳이 어딘지 아시지요? 시내 곳곳에서 옮겨온 시신을 우선적으로 보관하고 신원을 확인하는 곳입니다. 나는 그곳에서 보았습니다. 총상을 입거나 곤봉에 맞아 머리와 얼굴이 짓뭉개진 사람을, 팔이 떨어져 나간 몸, 목이 잘린 몸, 눈알이 튀어나온 얼굴, 대검에 잘려나간 젖가슴, 그리고 시신을 끌어안고 오열하던 사람들과 신발을 벗어 땅바닥을 치며 딸의 이름을 부르던 어머니를요. 지금도 제 몸이 사시나무처럼 떨립니다. 저는 정말 무서웠어요. 구토도 정말 많이 했어요. 무서워서 종일 딸꾹질을 한 날도 있어요. 고등학생인 제가 편하게 시신들과 함께 지냈다고 생각하지 마세요. 표현하지 않았을 뿐이에요. 하루에도 열두 번씩 도망가고 싶었고, 집에 가서 엄마가 해주는 밥 먹으며 편하게 지낼 수 있었어요. 지금도 생생하게 기억이 납니다. 어떤 여자 한 분이 흰 양말 수십 켤레를 가져와 시신의 맨발에 하나하나 정성스레 신겨주던 모습이요. 검붉은 피가 무명천 위로 배어 나온 시신들 사이를 고요하게 움직이던 그 여자 분을 생각하면, 떠날 수가 없습니다."

"맞아요. 공수부대는 고등학생도 여학생도 가리지 않고 죽였어요. 우리는 민주주의도 투쟁도 모릅니다. 다만 여기에 있어야 한다는 생각으로 여기에 있습니다. 뭔지 모르겠지만 정말 여기에 있어야 한다는 생각이 자꾸 들어요. 죽는 거, 무서워요. 시신들을 보면 죽음이 어떤지 알 수 있잖아요. 여학생들은 총을 쏠 줄 모르니 총알이라도 나르겠습니다. 그렇게 남아서 내할 일을 하고 싶어요."

도청 안에는 총알이 절대적으로 부족하다는 것을 나는 알고 있다. 탄창 하나에 적게는 세 발, 많게는 열 발이 지급되었을 뿐이다. 상우 형이 앞으로 나섰다.

"감사합니다. 여러분의 말씀 잘 들었습니다. 하지만 이제 여러분은 집에 돌아가야 합니다. 가서 여러분이 겪은 일을 사람들에게 전하십시오. 여러분은 지난 아흐레 동안 이 도시에서 일어난 모든 사건을 지켜보았습니다. 여러분은 목격자입니다. 우리의 항쟁을 잊지 말고 후세에도 이어가게 해야 합니다. 오늘 우리는 패배할 것입니다. 한 치도 흔들림 없는 사실입니다. 그러나 내일의 역사는 우리를 승리자로 기록할 것입니다. 그 기록자가 되어주길 바랍니다. 계엄군이 밀려오기 전에 어서 여기 도청에서 떠나기 바랍니다. 여러분의 충정은 이해합니다. 하지만 이 싸움은 어른들이 해야 합니다. 나이 어린 학생들은 살아남아 오늘의 목격자가 되어 역사의 증인이 돼주시기 바랍니다."

상우 형의 말에 여기저기서 울음이 터졌다. 흐느끼는 학생도 있었다. 나도 콧등이 찡하게 울렸지만 되도록 무표정하게 상우 형의 곁을 지켰다. 그러나 '오늘 우리는 패배할 것입니다'라는 말이 가슴에 먹먹하게 남았다. 상우 형이 도청을 떠나지 않으면 나도 도청을 떠나지 않을 것이다. 오늘 밤 여기에 머무르겠다고 희순과 약속했기 때문이었다. 그러나 진짜 내 마음은, 도청에서 나가는 것이었다.

"형, 나도 여기서 못 나가요." 양현이 붉은 눈으로 말했다. 그의 몸에서는 등사잉크 냄새가 났다. 나는 양현의 손을 꼭 잡아주었다.

"집으로 가. 여기는 형이 지킬게." 양현의 등을 떠밀었다.

"못 가요. 형이랑 누나들을 두고 어떻게 가요?" 양현이 버텼다.

그러는 사이에 다시 한번 상황실장이 간곡하게 부탁하자 여학생과 고등학생은 떠나며 울음 섞인 말을 남겼다. '비록 지금은 집으로 돌아가지만 아침이 올 때까지 도청에 함께 있다는 마음으로 기도할게요'라는 말이, 그들이 떠난 자리를 채웠다. 하지만 몇몇은 끝까지 남았다. 도청을 떠났든 도청에 남았든, 이심전심으로 함께하고 있다고 느꼈다. 그것이면 충분했다. 상우 형이 도청으로 돌아가려고 하자 양현이 강당 밖까지 따라 나왔다.

"형님, 끝나면 양동시장에서 막걸리 한잔해요." 양현이 말했다.

"짜식, 알았다. 몸조심해." 상우 형이 양현의 머리를 쓰다듬어주었다.

양현이 하얀 이를 드러내며 환하게 웃었다. 어디서 이렇게 명랑한 녀석이 나타났는지, 참 고마운 일이었다. 대동고에 좋은 선생님이 있다고 상우 형이 말하더만 그 영향인가 싶기도 했다. 나는 교련복을 입고 있는 양현이 부러웠다. 나는 중학교 교복도 못 입어보았다. 소문에 의하면, 서울에는 교복을 입고 다니는 검정고시 학원이 있다고 했다. 신설동인가 청량리인가에 있다는데……. 이미 나는 대학 2학년의 나이가 되어버렸지만 여전히 국졸이다. 상우 형의 뒤를 따라 도청으로 돌아왔다.

상우 형과 상황실장은 본관 현관 옆 서무과 자리에 마련된 작전상황실로 들어갔다. 나도 뒤따라 들어가는데 보초가 앞을 막았다. 작전상황실에는 출입증이 없으면 출입할 수 없었다. 보초가 있는데 굳이 경호원이 들어갈 이유가 없어서 정문 쪽으로 나왔다. 딱히 할 일이 있어서 나온 게 아니어서 어정쩡하게 서 있다가 도청을 나왔다. 도청 바로 앞에는 물 뿜기를 멈춰버린 분수대가 있다. 도청 광장 한가운데 있는 이 분수대는 지난 아흐레 동안 물이 아니라 함성과 아우성을 뿜어냈다. 죽음과 절망을 극복하기 위하여 시민들은 여기로 모여들었다. 그리고 하나가 되었다. 지금 분수대는 정적에 휩싸여 있다.

나는 탑돌이를 하듯이 분수대를 한 바퀴 돌았다. 처음에는 한 바퀴만 돌려고 했는데, 자꾸 돌게 되었다. 기분이 고요하게 가라앉으면서 차츰 기도하는 마음으로 변했다. 광천동성당의 '대건안드레아교육관'에 야학교실이 있어 성당을 드나들 때에도 기도 따위는 하지 않았다. 나는 기도를 믿지 않았다. 그냥 허망하게 느껴졌다. 어떤 친구들은 야학에 오면 성당 안의 마리아나 예수한테 기도했다. 그런데 지금 텅 빈 분수대를 돌고 있는데 문득 기도가 하고 싶어졌다. 그러나 내게는 기도를 바칠 신이 없었다. 이럴 때 기도를 하며 의지하고 싶은 신이 있다면 얼마나 좋을까. 분수대를 돌면서 희순을 생각했다.

어디에도 없고 어디에나 있는 사랑.

분수대에서 돌아와 정문에 자리 잡았다. 속이 답답해서 도청으로 들어가고 싶지 않았다. 아까 약간의 실랑이를 했던 수찬이 옆으로 갔다. 수찬이 말없이 담배 한 개비를 내밀었다. 담배를 받아 입에 무니 수찬이 성냥을 켜서 불을 붙여주었다. 한 모금 빨고 내뿜는데 재채기가 터졌다.

"너 빠끔이냐?" 수찬이 물었다.

"아니야." 나는 재채기를 하며 도리질을 쳤다.

"빠끔이 맞구만." 하면서 수찬이 내 입에 물린 담배를 빼갔다.

"나는 담배랑 안 맞아." 내가 솔직하게 담배를 못 피운다고 실토했다. 담배를 피우면 목이 붓고 따끔거리고 아팠다.

"그럴 수도 있지 뭐."

수찬은 담배 연기로 도넛을 여러 개 만들어 허공에 뿜었다. 그때 뒤에서 도넛에 손가락을 넣는 친구가 나타났다.

"나도 담배 하나 주라." 병규가 수찬에게 말했다.

"사서 피워, 능력 안 되면 끊고." 수찬이 담배를 꺼내 주며 말했다.

"야, 나도." 뒤에서 또 누군가가 나타났다.

"효균이구나. 어서 와. 야, 한 가치 더 줘야겠다." 병규가 말했다.

"이것들이, 내가 전매청인 줄 아나?"라고 하면서 수찬이 주머니에서 담뱃갑을 꺼냈다.

스무 살 동갑내기 넷이서 도청 정문에 모였다. 나는 그들 셋을 도청에서 처음 만났다. 병규와 효균은 고교 동창이며 대학생이었다. 수찬은 툴툴거리고 사나운 말

투로 보아서 서방시장에서 노는 애로 짐작되었다. 도청
에서는 누구도 자기의 신분이나 직장에 대해 말하지 않
았다. 시민군이면 모두 통했다. 도청에서는 학력도 경력
도 나이도 고향도 묻지 않았다. 그것이 너무 좋았다.

"당신의 눈 속에 내가 있고, 내 눈 속에 당신이 있을
때……."

수찬이 조용필의 노래를 흥얼거렸다. 다방마다 레코
드점마다 전파상마다 조용필의 노래가 흘러나오던 때
에 공수부대가 이 도시로 들어왔다. 나도 「창밖의 여
자」는 귀에 못이 박히도록 들었다. 듣기 싫어도 들렸
다. '누가 사랑을 아름답다 했는가.' 누구일까, 사랑이
아름답다고 한 사람은?

"너, 노래 솜씨 끝내준다 야." 내 칭찬에 수찬의 어깨
가 으쓱 올라갔다.

"내가 좀 하지." 수찬이 뻐기며 말했다.

나는 수찬의 기를 좀 죽이고 싶었다. 노래라면 빠지
지 않는 나였다. 더구나 옛날의 희귀한 노래를 또래 중
에서 나보다 잘 부르는 사람은 없었다. 김정호를 특히
좋아했다. 그러다 보니 가사도 김정호 풍의 노래를 좋
아했다.

"니들 「아까시아 꽃잎 필 때」라는 노래 아냐? 나애심이 부른 건데." 내가 말했다.

"나애심이 누구야? 언제 적 가수인데 우리가 알아? 너도 참 독특하다." 수찬이 나를 비꼬았다.

"불러봐, 불러봐." 효균이 옆에서 부추겼다. 나는 헛기침을 두어 번 하며 목을 가다듬었다. 물론 큰 소리로 노래를 부를 수는 없었다. 정문에 모인 네 사람만 알아들으면 될 정도로 목소리를 내면 되었다. 나는 먼저 가사를 불러주었다.

"가사에 은혜 받아라. 잘 들어."

광막한 중원에 핏빛 하늘 밑 원수와 싸우는 산마루에
흰 구름 서리듯 사랑의 꽃 아카시아 꽃잎 피네
......
해마다 초여름 이 무덤에 추억의 눈물로 향을 피우는
외롭게 새하얀 치마폭에 아카시아 꽃잎 피네

노래가 끝난 자리에 짧은 침묵이 지나갔다. 어디에선가 아카시아 향기가 노래처럼 풍겨 왔다. 눈을 감고 아카시아 향기를 맡았다.

“노래가 참, 그렇다 야.” 병규가 혀를 차며 말했다.

“가사가 죽이네. 지금 상황이랑 똑같은데?” 효균도 한마디를 보탰다.

“이 자식은 별 이상한 노래를 다 알고 있네.” 수찬이 내 어깨를 툭 쳤다.

“우리 엄마가 옛날 노래를 정말 잘 불렀어. 장터 주막거리에서 배웠다는데, 누나도 옛날 노래라면 선수야. 면 콩쿠르 대회에 나가면 라디오를 타거나 돼지 한 마리 탈 정도는 되었지.”

“노래 선수인 누나가 있었네, 어쩐지. 나는 음악에 소질이 없나 봐. 실력이 늘지를 않네.” 파마를 한 것처럼 풍성한 장발의 효균이 말했다.

“너 지금도 로맨스 치지?” 병규가 물었다.

“응.”

“얀마. 그러니까 안 늘지. 너는 근본적으로 기초가 부실해. 세발자전거도 못 타는 놈이 사이클을 타고 시합에 나가겠다니. 어처구니가 없다 인마.” 병규의 말에 효균이 멋쩍은 듯 웃었다.

“기타의 기초는 양희은의 「이루어질 수 없는 사랑」이나 애니멀스의 「하우스 오브 더 라이징 선」이야.

C-Am-Em로 연결되는 코드 진행부터 잘 익혀야지. 그리고 「하우스 오브 더 라이징 선」은 Am-C-D-F로 코드 진행이 되니 그것도 충분히 익혀야 하고." 병규가 잘난 척을 했다.

나도 기타를 열심히 친 적이 있다. 공장 기숙사 옥상에 올라 노을 속에서 기타를 쳤다. 다른 친구들은 시멘트를 부어 만든 역기를 들었고, 나는 그 옆에서 '짐 승들'의 '해 뜨는 집' 코드를 익히고 또 익혔다. 남자들 사이에서도 기죽지 않으려면 최소한 기타로 노래 몇 곡은 칠 수 있어야 했다. 「이루어질 수 없는 사랑」보다는 팝송인 「하우스 오브 더 라이징 선」이 더 폼 났다. 아무나 영어로 노래를 하는 것은 아니었다.

"'해 뜨는 집' 코드만 잘 익혀도 기본은 되는 건데." 내가 말했다.

"'해 뜨는 집'? 그런 노래가 있냐? 나는 「해 돋는 집」 은 아는데. 상처 입은 장미들이 모여 사는 거리, 눈물 에 젖은 장미들이 웃음을 파는 거리……." 수찬이 노래 까지 했다.

"그 노래는 맞는데, 원곡 가사는 그게 아니야." 효균 이 말했다.

"아, 씨바…… 학삐리 새끼들. 나도 그 정도는 알아. 그래도 나는 김상국이 부른 「해 돋는 집」이 좋아." 수찬이 욕인 듯 욕이 아닌 듯한 말을 했다.

나도 김상국의 「해 돋는 집」을 들어본 적이 있다. 물론 희순이 야학에서 존 바에즈가 부른 '해 뜨는 집'의 노래 가사와 애니멀스가 부른 '해 뜨는 집'의 가사를 알려주기는 했었다. 나는 그 가사들이 싫었다. 내 처지와 너무 비슷했기 때문이었다. 시골에서 광주로 올라온 뒤로 나는 온갖 공장을 전전했다. 이가 드글드글하고 벼룩이 뛰어다니는 공장 기숙사에서부터 발산 언덕배기의 문간방에 이르기까지 광주에서 가장 가난하고 더럽고 냄새나는 곳만 돌아가며 살았다. 누나는 지금도 발산의 그 언덕배기에서 살고 있다. 누나와 한 방에서 살다가 점차 불편해져서 광천동으로 나와버렸다. 누나를 안 본 지도 벌써 한 달이 다 되어갔다.

"김상국의 「해 돋는 집」은 원곡과 거리가 멀어." 내가 잘난 척을 했다.

"원곡의 가사가 뭔지 모르지만 「해 돋는 집」 가사가 더 강렬하지 않냐? 나는 강렬하면서도 슬픈 노래가 좋더라." 수찬이 말했다.

"슬픈 노래 좋아하지 마. 노래란 게 신나고 즐거워야지. 기타랑 전축 들고 야외로 나가 신나게 다이아몬드 스텝 밟으며 노는 맛이 있어야지. 스트레스도 팍팍 날리고." 병규가 말했다.

"슬픈 노래도 있고 신나는 노래도 있는 거지. 너는 맨날 놀 궁리만 하냐?" 효균이 병규의 말을 반박했다.

"노래 도사들 나셨구만." 수찬이 말했다.

네 명의 동갑내기들이 조용히 수다를 떨고 있는데 민원실 쪽에서 현철 형과 미숙 누님이 정문 쪽으로 왔다. 뒤이어 상우 형도 왔다.

"근무 중 이상 무." 수찬이 그들을 보고 거수경례를 했다. 우리도 얼떨결에 경례했다. 상우 형이 경례를 받아주었다.

"제수씨, 집에 애도 있고 홀몸도 아니니 오늘은 들어가세요." 상우 형이 말했다.

"저만 어떻게 들어가요." 미숙 누님이 울상을 지었다.

"여보, 내일 아침에 와. 여기 사람들 아침 식사 지어 줘야지. 그리고 애가 아빠 보고 싶다고 보채면 내일은 데리고 나와." 현철 형이 미숙 누님의 등을 밀었다.

미숙 누님은 현철 형의 팔에 머리를 기대어 가늘게

어깨를 떨었다. 미숙 누님은 지난 며칠 동안 취사실을 맡아 누구보다도 열심히 일했다. 한 끼에 오백여 명이 넘는 분량의 식사를 준비해야 했으니 보통 일이 아니었다. 그런데 이제는 체력이 바닥나서 집에 가야만 했다. 임신 7개월의 몸이라 더 이상은 무리였다.

눈물 나는 풍경이었지만 아랫입술을 지그시 깨물고 바라볼 뿐이었다. 식구들의 시신을 찾아 헤매는 사람들을 제외하고는 도청에서는 누구도 크게 울지 않았다. 울음은 전염이 강해서 만일 누구 하나라도 울음을 토해내면 도청 전체가 울음바다가 될 수 있었다. 그것을 스스로 경계하고 있는 중이었다.

현철 형은 아내의 등을 정문 밖으로 지그시 떠밀고 도청 본관으로 걸어갔다. 본관으로 들어가 사라질 때까지 현철 형은 끝까지 뒤를 돌아보지 않았다. 미숙 누님도 분수대를 지날 때까지 끝내 뒤를 돌아보지 않았다. 두 사람 사이로 아카시아 꽃잎이 바람에 실려 왔다.

*

미숙 누님이 떠난 금남로 위에 어둠이 더욱 깊어갔다.

바람에 실려 더 많은 꽃잎들이 흩날렸다.

병규와 효균은 각자 임무를 맡은 곳으로 돌아갔고, 나는 수찬과 함께 정문을 지켰다. 정문을 지켰다기보다 총을 메고 멍한 눈길로 정문 밖을 내다볼 뿐이었다. 수찬은 미국을 믿어서는 안 된다는 나름대로의 논리를 제법 조리 있게 펼쳤다. 나는 미국에 대해 생각해본 적이 없었다. 상우 형은 미국이 와서 도움을 줬으면 하는 마음이 강했지만, 나는 그런가보다 했다. 수찬의 말을 들으며 미국은 세계 민주주의의 본국인데 왜 우리를 돕지 않는 것이지, 라는 의문이 강하게 들기도 했다. 내가 적극적으로 대꾸를 하지 않자 수찬도 슬슬 입을 다물었다.

5. _____ 밤 11시

이제 금남로는 오가는 사람 없이, 태풍의 눈처럼 고요해졌다.

내 마음도 고요해졌고 담담해졌다. 얼핏얼핏 희순이 떠올랐다가 또 스러져갔다. 지금 이 순간 떠올릴 추억이 있다는 게 다행이었다. 떠올리고 싶지 않은 추억이 아니라 떠오르는 순간 입가에 미소가 만들어지는 추억. 그 순수하고 아름다운 추억의 한복판에 희순이 있다.

"누가 오는데?" 수찬이 말했다. "혼자네."

"그러게, 혼자네."

나와 수찬은 그가 가까이 오기를 기다렸다. 넥타이까지 맨 정장 차림의 그는 아까 집으로 돌아갔던 수습위원장 이종석 변호사였다.

"효균이 데리러 왔나 봐." 내가 말했다.

"그 껑충한 효균이가 저 분 아들이야?" 수찬이 물었다.

"응." 내가 고개를 끄덕였다.

"학삐리들은 좋겠어. 부모님들이 모시러 오기도 하고 말이야." 수찬이 볼멘소리를 해댔다.

효균과 병규가 부모님 잘 만난 것은 사실이다. 그것은 인정해야 한다. 그렇다고 이 순간 질투하는 것은 좀 아니다 싶었다. 이종석 변호사는 붉은 넥타이를 단정하게 맨 모습으로 정문을 통과했다. 나는 이 변호사보다 앞서서 본관으로 뛰어 들어갔다. 효균을 데리고 상황실로 갈 작정이었다. 효균은 2층 대변인실 앞 복도에서 소총을 기타 삼아 금남로를 바라보며 「이루어질 수 없는 사랑」의 코드를 짚고 있었다.

"야, 아버지 오셨어." 내가 말했다.

"우리 아버지?"

"응, 네 아버지. 저기 봐라 상황실로 들어가잖아."

"하이고 참, 왜 오신 거야?"

효균이 툴툴거리며 상황실로 갔다. 상황실로 갔더니 많은 사람들이 놀란 눈으로 이 변호사를 맞이했다. 이 변호사는 상황실에 있는 테이블에 앉았다.

"집에 있을 수가 있어야지. 그래서 나왔어. 내가 명색이 수습위원장인데 그동안 수습을 못했으니……. 책임을 져야지." 이 변호사가 차분한 어조로 말했다.

"변호사님." 상우 형이 목멘 소리로 한마디 했다.

"위원장님. 여기는 우리가 알아서 할 텐데. 그냥 집에 계시다가 내일 아침에 나오시지 그랬어요." 현철 형이 안타까운 목소리로 말했다.

"자네들한테 미안해. 나는 집에 가서 물 데워서 목욕하고, 속옷까지 갈아입고 나왔네 그려. 오늘은 여기서 자네들하고 지낼 터이니, 각자 알아서 할 일들 하게나. 내 걱정은 하나도 하지 말고."

이 변호사의 말에 모두 환한 표정을 지었다.

"아무래도 대변인실 보초보다는 상황실 보초로 임무 변경을 해야겠네." 내가 효균을 보고 말했다.

"좋은 생각이네." 상우 형이 맞장구를 쳐주었다.

이곳 상황실은 본래 부지사실이었다. 지난 며칠 동안 정시채 부지사와 광주의 고급 관리들, 소위 유지들, 광주에서 이름깨나 있다는 대학교수들이 드나들었다. 그들 중에서 오늘 밤 여기에 있는 어른은 이 변호사가 유일했다. 상우 형은 대변인실로 가지 않고 아래층의 작전상황실로 내려갔다.

"생각이 참 많은 밤이네요." 내가 말했다.

"무슨 생각을 해. 뻔한데." 상우 형이 말했다.

"생각하지 말까요?"

"그래, 하지 말자. 그냥 흘러가는 시간에 맡겨두는 거지 뭐."

"그럽시다, 그러면."

상우 형의 말대로 생각이란 것을 하지 않기로 했다. 그런다고 생각이 안 나는 것은 아니었다. 이 밤을 보내고 해 뜨는 아침에 도청을 나가 광천시민아파트까지 걸어가 영준 형의 방에서 푹 자겠다고, 저녁에 일어나 씻고 깨끗한 옷으로 갈아입고 희순을 만나리라고…… 그 마음 외에는 그저 무심하기로 했다. 희순을 만나 「아드린느를 위한 발라드」가 흐르는 경양식집에서 돈가스를 먹는 상상에 빠져보기도 했다. 희순은 분명 정태춘의 「시인의 마을」을 신청곡으로 적어낼 것이다. 희순은 우리 모두가 함께 잘 사는 시인의 마을에서 살고 싶어 했다. 내 '고요한 가슴으로 불어오는 숨 가쁜 자연의 생명의 소리'를 들으며 가슴속에 오래 간직해두었던 사랑을 꺼내 희순 앞에 펼쳐 보이는 상상만으로도 나는 벅찼다.

작전상황실로 내려가니 무전기 치직거리는 소리가

들려왔다. 작전상황실에는 사람들이 제법 많이 남아 최후의 전투를 기다리고 있었다. 상황실 무전기 앞에 박 실장의 친구인 조민호가 상황을 주시하고 있다가 상우 형을 보더니 손을 흔들었다. 서로 존댓말인 듯 아닌 듯한 말을 쓰는 것을 보니 갑장인 모양이었다.

"별일 없어요?" 상우 형이 물었다.

"아직까지는 전방 보고에 특이한 사항은 없어." 민호 형이 대답했다.

"저놈들이 최후통첩을 한 12시가 한 시간도 안 남았네. 죽기 아니면 살기지 뭐! 안 그래?" 박 실장이 상황실 사람들을 보며 힘 있게 말했다.

"공수부대가 들어오면 지하에 있는 TNT를 폭파해 함께 떼죽음을 하는 거지 뭐." 윤 기동타격대장이 흥분한 소리로 말했다.

그 소리에 누구도 대답하지 않았다. 침묵이 흘렀다. 누구도 다이너마이트가 터져 도청 전체가 폭발하는 것을 원치 않기 때문이었다. 침묵은 길지 않았다. 긴 침묵을 견딜 수 있을 정도로 강한 사람이 과연 있을까 싶었다. 공포와 분노와 연민이 보이지 않은 끈이 되어 서로를 묶어주고 있다고 상우 형이 내게 살짝 귀띔했다.

우리 모두는 오늘 밤 죽음의 사신이 온다는 것을 알고 있다.

"오늘 밤을 무사히 넘길 수 있을까?" 민호 형이 박 실장에게 물었다.

"…… 글쎄. 온다고 했으니." 상황실장이 숨을 길게 내쉬었다.

그도 무척 피곤해 보였다. 일주일 넘게 잠을 제대로 자본 사람이 거의 없었다. 일이 끝도 없이 밀려왔다. 유인물을 찍어낼 갱지를 구하는 일만으로도 벅찼다. 도시로 들어오고 나가는 모든 길이 봉쇄되어 물자가 아주 귀했다. 나는 갱지를 구매하러 종이 집이며 인쇄소로 뛰어다녔고, 등사된 유인물을 시내 곳곳에다 배포했다. 배포가 끝나면 또 종이를 사러 나가야 했다. 그러는 와중에 도청에 들러 상황을 직접 보고 영준 형에게 보고하기도 했다.

"민호야 무섭지? 나도 무서워." 한참 후에 상황실장이 말했다.

저처럼 열렬하게 뛰어다니는 사람이 무섭다는 말을 하다니, 나는 속으로 깜짝 놀랐다. 무섭다는 말, 두렵다는 말은 도청에서는 금기어였다. 민호 형은 상황실장의 짧은 물음에 대답하지 않았다.

"너는 처자식이 있으니 집에 갔다가 내일 아침에 나와. 벌써 며칠째 집에 못 갔잖냐. 제수씨도 걱정할 테고." 박 실장의 말에 진심이 느껴졌다.

"야 인마. 널 두고 나 혼자 어찌 들어가?" 이렇게 말하고 민호 형이 담배를 입에 물었다. 박 실장이 성냥을 그어 담배에 불을 붙여주었다. 상황실 벽에 붙은 시계의 초침이 째깍거리며 돌고 돌았다. 잠시 후, 예비군복을 입은 황 대위가 상황실로 들어왔다.

"실장님. 자원 병력이 Y에서 넘어왔습니다. 어디에 배치할까요?"

"나가서 봅시다."

박 실장을 따라 나도 밖으로 나왔다. 본관 현관 앞에 칠팔십여 명의 자원 시민군이 정렬해 있다. 자세히 얼굴을 보니 모두 내 또래로 짐작되었다. 스무 살의 나이가 뭐길래, 이토록 순수하게 분노할 수 있는 것일까? 비록 직업이 다르고 신분이 다르지만 수찬과 나, 병규와 효균은 그냥 스무 살의 동갑으로 도청에 들어와 총을 잡았다. 지금 이 시간, 계엄군의 최후통첩을 얼마 남겨놓지 않은 시간에도 열여덟 열아홉 스물의 청년들이 들어와 계엄군과 맞서 싸울 총을 달라며 서 있는 것이다. 비록 오합지졸에 불과하더라도 내 눈에는 천군만마가 따로 없었다. 천군만마 속에는 대학생 아닌 청년이 더 많았다. 심지어 교련복을 입은 고교생들도 몇 명 보였다.

"씨바, 학삐리들은 겁쟁이야. 민주 민주 하면서 데모할 때는 모두 나오더만 막상 진짜 목숨을 걸어야 할 때에는 모두 도망치고 없으니." 언제 왔는지 수찬이 내 옆에서 투덜거렸다.

"야, 효균이와 병규도 있잖냐?"

"학삐리들 숫자가 절대적으로 달리잖냐. 가방끈이 길수록 겁이 많아. 걔들이 뭘 배우는지 아냐? 출세를 배우는 거야. 씨바, 출세하려면 몸을 사려야 하고."

수찬은 나와 달리 대학생에 대해 이상한 적개심을 갖고 있다. 내가 만난 대학생이거나 대학을 졸업한 사람들은 거의 모두 도청과 YMCA, YWCA에서 이 밤을 함께하고 있다.

"저들도 피곤할 테니 우선 사회과 사무실에서 휴식과 취침을 시키고 상황이 터지면 배치합시다." 박 실장이 말했다.

이어 그는 나와 수찬에게 병력을 사회과로 안내하라고 지시했다. 수찬은 나더러 혼자 하라고 하고는 정문으로 갔다. 나는 병력을 사회과 사무실로 안내해주고 상황실로 돌아갔다. 상황실의 빈 의자에 앉자마자 졸음이 쏟아졌다. 나도 모르게 잠이 들었다. 꿈을 꾸었다.

*

결혼식장에 나는 서 있었다.

나는 신랑이었고, 신부는 희순이었다. 공장의 친구들, 야학의 강학들과 학생들, 시골에서 온 부모님과 가족들이 모두 손님을 받느라 바빴다. 그런데 신부 화장을 끝내고 와야 할 신부가 오질 않는 것이었다. 나는 애가 탔다. 발을 동동 구르며 아무리 기다려도 신부는 오질 않는데, 신랑 입장의 신호가 떨어졌다. 그때, 희순이 다른 남자와 도망을 갔다는 소식이 들려왔다.

나는 예식장에서 나와 곧장 추적에 나섰다. 그들을 발견한 것은 광천동이 아니라 발산이었다. 나는 미로 같은 골목으로 들어섰다. 앞에는 희순이 걷고 있었고 나는 뒤를 따랐다. 골목은 좁았다. 대문 바로 옆 담장 바닥에 뚫린 구멍으로 똥 냄새와 연탄가스 냄새가 올라와 골목 가득 연기처럼 깔려 있다. 어떤 남자가 희순의 손을 잡고 골목을 걸어가고 있다. 두 사람은 다정해 보였고 내 마음은 개똥밭이었다. 나는 희순의 이름을 불렀다. 그러나 웬일인지 목소리가 나오질 않았다. 목소리만 나오면 희순이 나를 보고 돌아올 것만 같았다. 나는 희순의 이름을 애타게 불렀다. 하지만 그 이름은 한 번도 입 밖으로 나오질 않고 안으로 잠겨들기만 했다.

나는 이름 부르는 것을 포기하고 뛰어가서 희순을 잡기로 했다. 내 손에 잡히기만 하면 희순 옆의 남자도 한 방 날려줄 결심으로 달음박질을 시작했다. 손만 뻗으면 될 정도로 가까운 거리인데 아무리 달려도 거리가 좁혀지질 않았다. 희순과 남자는 발산의 언덕길을 다정스레 올라갔다. 나는 땀에 흥건히 젖을 정도로 뛰고 또 뛰어 두 사람을 추적했다. 두 사람은 잡힐 듯 잡히지 않았고 나는 악에 받쳐 뛰었다.

그러다 발산 언덕배기의 꼭대기까지 올라갔다. 꼭대기에 도착하니 전혀 딴 세상이 펼쳐져 있었다. 소나무 숲이 내 앞에 턱 나타났다. 나보다 먼저 소나무 숲으로 들어간 두 사람은 솔방울을 줍기 시작했다. 나도 솔방울을 주우며 두 사람한테 가까이 다가갔다. 내가 한 걸음 다가가면 그들도 한 걸음 멀어지기를 반복했다. 그러다가 희순이 숲속의 작은 집으로 쑥 들어갔다. 내 머리에 떠오른 작은 집에는 연탄불이 파란 불꽃을 피워 올리며 구들 속으로 빨려 들어가고 있었다. 나는 비명을 지르며 희순의 이름을 불렀다. 희순이 들어간 작은 집 앞에서 동행했던 남자가 나를 돌아봤다. 그는……,

　상우 형이었다.

*

　땀에 흠뻑 젖어 잠에서 깼다. 기분이 지랄 맞았다. 그 남자가 하필 상우 형이라니……. 꿈이지만 마음이 언짢았다. 박 실장이 행정 전화로 서울에 있는 중앙청 상황실을 호출했다. 그쪽에서 누군가가 전화를 받은 모양이었다.
　"중앙청! 중앙청 상황실! 여기는 전남도청이다. 잘 들어라. 오늘 밤 계엄군이 시내로 진입할 것인가? 즉각

중단하라! 만일 계엄군이 들어오면 우리는 도청 지하실에 있는 다이너마이트로 자폭하겠다. 알았는가? 다이너마이트로 자폭하겠다." 박 실장의 목소리는 떨렸고 컸다.

잠시 후 시외로 통하는 모든 전화선이 차단되었다. 혹시 몰라 시내에 있는 가정집으로 전화를 걸어봤지만 먹통이었다. 통신이 차단되자 여기저기서 술렁거리기 시작했다. 잔뜩 긴장한 채로 소곤소곤 이야기를 나누었다. 모두의 마음속에 '설마'가 있던 모양이었다. 계엄군이 오지 않았으면 하는 기대가 실망으로 바뀌었다. 도청에 있는 시민군은 모두 단순한 사람들이었다. 계엄군이 오지 않았으면 하는 마음과 만일 온다면 싸워야겠다는 마음 사이에는 그 어떤 간극도 없었다. 그저 같은 마음이었다.

제2부 **5월 27일**

6. ───────────────────── 0시, 자정

상황실 벽에 걸린 시계가 12시를 가리켰다.

모두들 귀를 쫑긋 세우고 시계를 뚫어져라 쳐다보았다. 무전기도 조용했고 먼 곳에서 들려오는 어떤 소리도 없이 초침 가는 소리만 째깍거렸다. 초침이 한 바퀴를 돌자 그제야 눈길을 시계에서 돌렸다. 나도 모르게 길게 숨을 내쉬었다. 상우 형이 상황실을 나와 대변인실로 갔다. 나는 대변인실 앞의 복도에서 금남로를 바라보았다. 인적이 완전히 끊긴, 통행금지의 시간이었다. 나는 통행이 금지된 시간을 거슬러 올라 추억의 풍경 속으로 빠져들었다.

*

여자애가 망치질을 하고 있다.

처음 보는 얼굴이다. 그녀의 망치질에 오후의 햇살

이 잘게 부서졌다. 여자애가 망치를 한 번 내려치면 용접 부스러기가 햇살을 받아 반짝거리는 모래알처럼 허공으로 튀어 올랐다가 땅으로 쏟아져 내렸다. 신입인 듯 망치질이 무척이나 서툴렀다. 허약한 체질은 아닌 듯 약간 통통한 모습에 단발머리가 인상적이었다. 얼굴은 동그랗고 이목구비가 귀여운 상이었다. 한마디로 귄이 있는 아가씨였다. 그녀의 망치질은 자주 헛나가 부스러기가 아닌 쇠뭉치를 때렸고 그 반동으로 망치를 놓치곤 하였다. 그녀는 주위의 눈치를 보며 얼른 망치를 주워 다시 용접 부스러기를 향해 망치를 두드렸다.

그녀가 힘껏 망치질을 할 때마다 헐렁한 남방이 풀썩거렸다. 그 모습을 보는 순간 심장이 쿵 내려앉았다. 묘한 설렘이 내 안으로 밀려들었다. 잔잔한 호수 위에 바람이 불면 일어나는 봄날의 잔물결처럼, 그 물결마다 햇살이 내려 반짝반짝 빛나는 윤슬처럼, 내 가슴속에 느닷없는 파문이 생기더니 이내 일렁거렸다. 여자애는 다만 망치질을 하고 있을 뿐인데 나는 설렘에 사로잡혔다.

"김희순."

쉬는 시간에 알아본 그녀의 이름이다. 지극히 촌스

럽고 공순이다운 이름이어서 안심이었다. 나이는 나보다 두 살 많은 스물하나. 일신방직에 다니고 있는 누나와 동갑이었다. 생각보다 나이가 많다는 게 조금 걸렸지만 뭐 어떠냐 싶었다. 결혼도 아니고 겨우 연애를 하는 것인데, 두 살 연상은 문제가 되지 않는다. 그리고 연애를 할 때는 누나랑 하는 게 좋을 것 같다.

나는 아시아자동차 하청 업체인 동진강건에서 일하고 있다. 동진강건은 아시아자동차에 자동차의 몸통을 납품하고 있다. 자동차 몸통을 유식한 말로 '바디'라고 한다. 바디는 여러 부위를 용접하여 만드는 자동차의 기본 틀을 말한다. 공장에서 나는 용접을 했고, 희순은 용접 부스러기를 떼어냈다. 용접 부스러기를 떼어내면 그라인더로 사포질을 해서 반들반들하게 만들었다.

희순은 신입으로 들어온 일주일 동안 주변의 다른 여공들과는 편하게 말을 섞는 것 같았는데 남공들한테는 눈인사 정도만 했다. 고개를 빳빳이 들고 다녔는데, 도도했다. 차갑고 도도한 그 모습이 좋았다. 나는 동료 남공들한테 희순이 좋다고 말했다. 물론 희순한테 허락을 받진 않았다. 그러나 누구라도 희순을 건드리는 놈이 있다면 사생결단을 내겠다고 짐승처럼 으르렁거렸다. 그게 광천동 바닥의 일이다.

　희순이 입사한 지 일주일 만에, 자취방에서 잠을 자려고 누우면 천장에 그녀가 방긋 웃으며 나타났다. 마치 당구를 처음 배울 때처럼, 네모의 천장에 흰 공과 빨간 공이 굴러다니는 것처럼 말이다. 천장은 상상의 화면이 되었다. 그녀와 함께 양동시장에 가서 순대에 막걸리를 마시는 상상, 무등산으로 소풍을 가는 상상, 경양식집에서 돈가스를 칼질하며 비엔나커피를 마시고 충장로에서 데이트를 하는 상상. 그런 상상만으로 가슴이 벅차올라 잠이 오질 않았다. 상상은 꼬리에 꼬리를 물고 계속 이어져 희순과 내가 주인공인 영화가 되기도 하였다. 해피 엔딩의 영화여서 밤을 꼬박 새워도 하나도 피곤하지 않았다. 나는 서서히 희순에게 사로잡혔다. 희순은 내게 아무런 행위도 하지 않았지만 나는 거미줄에 걸린 나비처럼 되고 말았다. 하지만 희순은 정시에 퇴근하여 어딘가로 쏜살같이 사라졌다. 잔업하는 것을 거의 보질 못했다. 공장에서 그녀의 행동은 어딘지 어색하고 불안정했다. 망치질 하나만 보더라도 완전히 생초짜였다.

아침에 눈을 뜨면 맨 먼저 희순이 떠올랐다. 자동적으로 그리 되었다. 그녀도 눈을 뜨고 부엌으로 나가 연탄아궁이 위에서 펄펄 끓고 있는 뜨거운 물을 퍼다 찬물에 섞어 머리를 감고 있겠지. 단발머리라 비누는 많이 들지 않겠네. 수건으로 머리를 탈탈 터는 그 모습을 상상만 해도 가슴이 짜릿해졌다. 나는 서둘러 씻고 밖으로 튀어 나갔다. 평소보다 일찍 출근하여 그녀가 공장을 향해 걸어오는 모습을 보겠다는 심사였다. 검은물을 들인 바지에 헐렁한 남방, 도시락이 든 가방을 메고 단발머리를 출렁이며 씩씩하게 걸어오는 그녀. 다른 여자애와 달리 내숭이 없는 그 모습이 너무 좋았다. 다른 여자애들은 화장도 진하게 했는데 그녀는 립스틱도 바르지 않은 맨얼굴로 다녔다. 희순이 출근하고 나면 나도 그제야 작업 준비를 했다. 희순의 서툰 망치질을 곁눈으로 보느라 자주 용접 불량을 냈다.

스무 살까지 살면서 사랑에 빠질 것이라고는 한 번도 생각해본 적이 없었다. 가난한 내가, 국민학교만 졸업한 내가, 삼종(우유, 신문, 짜장면) 배달, 전구 공장에서 소켓 납땜, 가구 공장에서 전복껍데기 다듬기를 하다가 이제 겨우 용접기를 잡게 된 내가, 사랑을 하게 되리라고 꿈이나 꾸었겠는가. 나는 열아홉이 된 지금까지 교복이 제일 부러웠다. 고등학교는 물론이고 중학교 교복도 못 입어보고, 그 흔한 교련복도 정식으로 못 입어보고 스물이 되었다. 스물이 되는 날 아침, 이제 교복을 입을 나이가 지나갔다고 생각하니, 설움이 북받쳐 올랐다. 나는 엉엉 울지도 못하고 질질 짜며 1979년 스무 살의 해를 맞이했다. 인생의 십 대를 그렇게 배고프게 보내고 난 뒤 맞이한 스물의 봄날에 문득 바람에 날리는 꽃잎처럼 사랑이 찾아온 것이었다. 사랑은 나에게 자꾸만 상상을 불러일으켰다.

그녀에게 퇴근 후에 커피나 한잔하자는 쪽지를 보내고, 충장로에 흔하게 있는 음악다방의 디제이 박스 바로 앞에 앉아 그녀가 듣고 싶어 하는 노래를 신청하고, 커피 세 스푼, 프림 세 스푼, 설탕 세 스푼의 삼삼삼 커피를 마시며 사랑을 고백한다. 내 고백을 그녀가 받아들이고 마침내 연애가 시작된다.

그렇게 몇 년을 만나고 결혼한다. 작은 단칸방, 새로 산 곤로와 냄비와 그릇들, 양은 밥상, 비키니 옷장과 앉은뱅이책상 하나를 놓고 신혼을 시작한다. 그녀는 자주 연탄불을 꺼트리고 곤로에 불을 못 붙여 낑낑거린다.

내가 나서서 연탄불도 살리고 곤로에 불도 붙여준다. 월급을 타면 봉투째 그녀에게 갖다주고 용돈을 타 쓴다. 아기가 생기면 어떻게 하지? 당연히 낳아야지. 열심히 벌면 되는 거니까. 술도 줄이고 허투루 나가는 돈을 최대한 절약하면 쥐꼬리 봉급이라도 살아갈 수는 있지 않을까? 그렇다. 적금도 부어야 한다. 무슨 일이 있어도 자식만큼은 최선을 다해 가르쳐야 한다. 계는 못하게 해야지. 곗돈을 떼이고 울던 엄마와 누나를 보며 나는 죽어도 계 같은 것은 안 하기로 맹세했었다.

나는 십 대를 평범하게 보내지 못했다. 학교를 보내줄 수 없을 정도로 가난한 부모에 대한 원망으로 내 안에는 울분이 가득 차 있었다. 열다섯부터 술을 마셨다. 담배는 몇 번 피웠지만 체질에 맞지 않는 것 같았다. 전구 공장에 다닐 때였다. 유리로 만들어진 전구에 필라멘트가 달린 소켓을 붙이고 인두로 납땜을 하는 게 일이었다. 좁은 공장에서 종일 앉아 납땜을 하고 있으면 머리가 핑핑 돌았고 혓바늘이 돋았다. 덩달아 입술도 터졌고 뺨에는 화농성 여드름이 가득하게 자라났다. 결국 일 년을 못 채우고 나왔다. 마지막 달 월급 만

오천 원은 떼였다. 사장은 그 돈을 안 주려고 온갖 지랄을 다 떨었다. 더러워서 포기했다. 사장은 더러워도 포기하지 않을 인간이었다. 그래야 돈을 벌고 사장이 되는 것이라고 생각했다.

전구 공장을 나와 가구 공장으로 옮겼다. 전복껍데기를 다듬는 게 일이었다. 전복의 겉껍데기를 깨내고 속껍데기를 씻고 다듬어 광채를 내야만 했다. 기역자자와 톱을 비롯한 다양한 도구를 주무르면서 사내답게 가구를 만드는 게 아니라 겨우 손톱만한 전복껍데기나 다듬고 있자니 속이 터졌다. 속이 터졌지만 목구멍이 포도청이라 다녀야만 했다. 가구 공장을 다니며 학원에서 용접을 배웠다. 아무 기술이라도 있어야 중동에 나가 큰돈을 벌 수 있다는 말에 용접을 먼저 배운 것이다.

용접을 배워 광천동에 있는 동진강건에 취직한 지 이제 두 해가 되었다. 월급을 받으면 까먹기에 바빠 늘 허덕이며 살았다. 돈을 모으기는커녕 빚만 늘어난 셈이 되었다. 월급이 완전 바닥나고 비라도 내리는 날이 되면 내 우울과 울분은 극에 달했다. 비닐봉지에 본드를 담아 머리를 처박고 들이마시고는 나가떨어지곤 했다. 나는 가난의 수렁, 무학의 수렁, 자학의 수렁에 빠져 허우적거렸다. 간절히 수렁에서 빠져나오고 싶었다. 그랬다. 나는 구원을 갈망하는 스무 살이었다.

그러다 희순을 보았다. 광천동의 수많은 여공 중에서 특별히 더 눈에 띄지도 않은 사람이었건만, 나는 그녀를 보는 순간 운명적으로 끌렸다. 망치질에 튀어 오르는 쇠 부스러기에 햇살이 비친 것처럼 그녀한테 광채가 피어올랐다. 내가 본 것은 그 광채였다. 친구들은 내 말을 듣고 눈이 삐었다는 둥 명태 껍질이 씌었다는 둥 농담을 던지며 놀려먹었다.

나는 이제 달라질 거야!

이렇게 선언하진 않았지만 나는 결심했다. 무엇보다도 먼저 몸부터 깨끗해지고 싶었다. 새로운 몸, 새로운 마음으로 새 사랑을 만나 스무 살의 봄을 새롭게 맞이하고 싶었다. 나는 금요일에 일찍 퇴근해 목욕탕에 가서 때를 벗겼다. 그것은 일종의 준비였다. 몸의 때를 벗겨야 마음의 때도 벗길 수 있는 것이라고 나는 생각했다. 머리끝에서 발끝까지 때 없는 순수한 몸으로 토요일에 공장에 나가 퇴근 후에 커피나 한잔하자고 할 참이었다. 토요일 오후가 되면 광천공단, 전남방직과 일신방직 등에서 쏟아져 나온 공돌이 공순이들이 모두

외출복으로 갈아입고 충장로로 몰려가곤 했다. 나도 그
렇게 몰려가던 사람 중의 하나였다. 마침내 희순에게
만나자는 말을 하고야 말겠다는 결심의 토요일이 다가
왔다. 나는 아침부터 설레는 마음으로 공장으로 향했
고, 용접을 하면서 퇴근을 기다렸다. 공장 정문 앞에서
망치질하는 여자를 기다렸다. 마침내 그녀가 나타났다.
나는 앞으로 나가서 발길을 막으며 "저어……"라고 말
하려는데 그녀는 찬바람과 함께 쌩하니 지나갔다.

*

"너는 어쩌다 도청에 왔냐?" 수찬에게 물었다.
"내가 싸움이라면 평생에 진 적이 없어. 그래서 와
있다." 수찬이 대답했다.
상우 형이 도청을 한 바퀴 돌아본다고 해서 따라 나
왔다가 정문 보초인 수찬을 만난 참이었다. 상우 형은
현철 형과 함께 돌아본다며 나더러 좀 쉬라고 했다. 그
래서 정문에서 발걸음을 멈춘 터였다. 나는 수찬의 몸
을 위아래로 훑어보았다. 한눈에 봐도 싸움을 잘하게
생긴 몸이 아니었다. 머리만 빡빡이가 아니라면 평범

하게 보이는 인상이었다.

"뭐야, 그 눈깔은?" 수찬이 거칠게 말했다.

수찬의 입은 생긴 것과 달리 많이 거칠었다. 여기서 녀석에게 기가 눌리면 안 된다는 생각이 들었다. 동네에서는 똥개도 오십은 먹고 들어간다고 했다. 나처럼 타향 객지 촌놈은 그것을 인정해주면 안 된다. 동네를 믿고 까부는 똥개한테는 몽둥이가 약이지만 일단 간을 보는 것도 좋다.

"야, 말이 좀 거시기하다." 수찬을 살짝 건드려보았다.

"이런 씨부랄. 네가 거시기했지 내가 거시기했냐?"

내 말에 수찬이 까칠하게 대꾸했다.

"너 그거 아냐? 싸움은 주먹이나 힘으로 하는 거 아니란 거." 수찬이 물었다.

"그럼 머리로 하냐? 네 말대로라면 대학생들이 싸움을 훨씬 더 잘하겠네." 내가 바짝 약을 올렸다.

"아 새끼, 참 단순하네. 싸움은 단호함으로 하는 거야 인마. 병을 들었으면 상대방의 머리를 쳐야 하고, 깨진 병을 들었으면 쑤셔야지. 그게 단호함이야. 병을 들고 머리를 칠까 말까 망설이고 있으면 이미 져버린 거야. 상대방이 알아, 요 새끼가 망설이고 있다는 것을.

망설이는 순간 몇 방 먹고 들어간 거지." 수찬의 말에 나는 머리만 끄덕였다.

"그래서? 너는 뭐 서방파 꼬마라도 되냐?" 내가 물었다.

"야, 씨부럴 놈아 말조심해!" 수찬이 버럭 화를 냈다.

나는 깜짝 놀랐다. 무슨 화를 낼 만한 말을 한 게 아니었기 때문이었다. 병규와 효균이 정문으로 걸어오는 게 보였다.

"이런 씨바. 네 주둥아리는 똥통이냐? 벌리기만 하면 더러운 냄새가 나게." 나도 맞받았다.

"이런 씨부럴! 너 죽었어, 오늘!" 수찬이 방석모를 벗어 던지며 말했다.

"그래 죽어보자. 못 죽이면 네가 죽어!" 나도 방석모를 벗어 던졌다.

사실 나는 화가 난 게 아니었다. 나도 비록 많이 살진 못했지만 산전수전 공중전까지 다 겪은 몸이었다. 살면서 얻은 교훈은 딱 하나였다. 질 때 지더라도 기 싸움에서 밀리면 안 된다. 몸이 약하고 싸움 기술이 부족해서 지는 것도 받아들일 수 없지만, 기 싸움에서 밀리는 것은 자존심 문제였다. 수찬과 나는 곧 주먹다짐을 할 자세를 취했다.

"아이쿠, 이거 왜 그려? 우리 편끼리!"

병규가 둘 사이에 들어와 손을 내저으며 말렸다. 멱살잡이 직전에서 병규가 수찬을 밀어냈고 효균이 나를 밀어냈다.

"밤참 왔네, 밤참. 싸워도 일단 먹고 싸워, 응?" 하면서 효균이 빵과 우유를 내놓았다.

"오늘은 내가 참는다, 씹새야. 여기서 나가 다음에 꼭 보자, 응?" 수찬이 주먹을 흔들며 말했다.

"일단 먹으라니까." 병규가 수찬의 입에 빵을 물렸다.

"다음에 보자는 놈 안 무섭더라, 씨바." 나도 지지 않고 맞받았다.

수찬과 나는 서로 으르렁거리면서 빵과 우유를 먹었다. 마침 배가 고픈 참이었다. 밤참을 먹는 사이에 그만 다툼이 시들해졌다.

"서방파도 아니고 꼬마도 아냐 인마." 수찬이 말했다.

"미안하다." 진심을 담아 사과했다.

"그런데 니들은 왜 왔어?" 내가 효균을 보고 물었다.

"다들 자고 있어. 사람들이 정말 피곤한가 봐. 하기야 벌써 며칠째 거의 잠을 못 잤으니?" 효균이 대답했다.

"눈꺼풀이 무거워 죽을 지경이라 바람이라도 쐴까 싶어 나왔어." 병규가 쾌활한 목소리로 말했다.

"내가 왜 도청에 있는지 얘기해줄게." 수찬이 말을 꺼냈다.

수찬의 주변으로 나와 병규, 효균이 모였다. 정문은 열려 있었고 금남로는 조용했다. 우리는 잠시 총을 내려놓고 수찬의 이야기에 귀를 기울였다. 수찬의 이야기는 우리가 경험한 적이 없는 새로운 세계였다.

*

수찬은 고등학교를 중퇴했다.

서방시장에서 청과상을 크게 하던 아버지가 친구의 보증을 섰다가 그만 폭삭 망하는 바람에 온 식구가 거리에 나앉게 되었다. 비어 있는 포장마차에서 며칠을 살다가 간신히 지하 사글셋방을 하나 얻어 그리로 들어갔다. 한 끼를 해결하기에도 빠듯한 날들이었지만 어머니는 여동생과 수찬의 기를 죽이지 않기 위해 애를 썼다. 그 마음을 알기에 수찬은 괴로웠다. 공부에 있어서는 여동생이 훨씬 나았다. 여동생은 성적이 좋왔지만 수찬은 바닥에서 놀았다. 대학에 갈 생각은 애초에 없었고 졸업하면 청과도매시장에서 경매를 배울 생각이었다.

자퇴 결정은 순식간이었다. 점심시간에 학교 변소 뒤에서 담배를 피우던 애들과 함께 있다가 교련 선생한테 들켰다. 학생주임인 교련 선생의 별명은 '미친개'였다. 어디서 구했는지 반토막짜리 당구 큐대를 들고 다니며 교칙을 위반하다가 걸리면 마구잡이로 휘둘렀다. 미친개가 수찬의 귀를 잡아 비틀며 당겼다. 아프기도 했지만 짜증이 확 올라왔다.

"나는 안 피웠어요." 그때까지 수찬은 담배를 배우지 않은 상태였다.

특별히 담배를 피우고 싶다거나 배우고 싶은 마음이 없었다. 학교에서 담배를 피우는 애들은 주로 양아치들이거나 서방파 꼬마들이었다. 물론 이 부류에 끼지 않는 애들도 있었다. 수찬은 이런 애들과 어울리다 보니 담배 피우는 곳에 자주 함께 있었다.

"야, 이 새끼. 내가 봤는데 시뻘건 거짓말을 다 하네!"

"아, 씨바! 안 피웠다니까!" 수찬은 소리를 꽥 지르며 미친개의 손을 뿌리쳤다.

미친개가 큐대로 내리치려고 오른손을 들었다. 수찬은 미친개의 오른팔목을 잡아 큐대를 빼앗아 멀리 던져버렸다.

"좀 믿어라, 믿어. 안 피웠다고 하잖아!" 수찬이 소리를 질렀다.

미친개는 옆의 학생한테 큐대를 주워 오라고 지시했다. 수찬은 그러거나 말거나 돌아섰다. 그렇지 않아도 속이 시끄러워 죽겠는데 미친개까지 거들고 나선 셈이었다.

"너, 서! 안 서?"

"좆 까!"

수찬은 미친개한테 감자를 먹이고 학교 담장을 훌쩍 넘었다. 미친개가 담장 안에서 길길이 날뛰다가 교무실로 돌아가자 수찬은 다시 담장을 넘어 학교로 들어왔다. 점심시간이 지나고 오후 첫 수업은 담임의 과목인 수학이었다. 수찬은 맨 뒤에 앉아 한창 유행하고 있는 만화책을 펼쳤다. 담임이 출석을 부르지도 않고 수찬을 교탁 앞으로 불러냈다. 담임은 담배 피우다 걸린 것과 학생주임 선생을 욕보인 죄를 물었다. 수찬은 그랬다고 대답했다.

"손바닥 내! 몇 대 맞을래, 선택해."

"한 대도 안 맞겠습니다."

"뭐, 이 새끼를 봐라? 안 맞아? 조, 좋아. 저저, 정학을 당할래?" 담임은 흥분해서 말을 더듬었다.

"맞지도 않고 정학도 안 당하겠습니다." 수찬은 당당하게 말했다.

"와, 이 새끼가? 완전히 돌았네." 담임이 손목시계를 풀어 교탁 위에 놓더니 소매를 걷었다.

"돌지 않았고요. 지금 당장 자퇴하겠습니다."

"뭐라고? 자퇴?" 담임이 몽둥이를 치켜들었다.

"때리지 마세요. 자퇴한다고 했어요!"

수찬은 소리를 지른 뒤 앞문으로 교실을 나와버렸다. 가방 따위는 없어도 그만이었다. 학교에서 돌아온 수찬은 단칸방에 가는 게 싫어 하릴없이 동네를 한 바퀴 돌았다. 서방삼거리와 서방시장은 사람들로 붐볐다. 시장 근처에 갔다가 과일 몇 개를 놓고 행상을 하는 어머니를 먼발치에서 보았다. 어디선가 호루라기 소리가 들렸고 어머니는 고무 다라이에 과일을 쓸어 담고 눈치를 보았다. 시장 경비원이 나타나자 어머니는 고무 다라이를 머리에 이고 종종걸음을 치며 골목 안으로 들어갔다. 수찬의 눈에 불이 켜졌다. 만일 경비원이 어머니를 해코지하면 죽이리라 마음먹고 지켜보았다. 다행히 경비원은 어머니를 못 보고 지나쳤다. 수찬은 꽉 쥐었던 주먹을 풀었다. 어떤 슬픔 같은 것이 밀려와 못 견디게 힘이 들었다. 고개를 숙이고 발끝으로 돌멩이를 툭툭 차며 걸었다.

"야, 너 학교 안 가고 여기서 뭐 하냐?"

고개를 들어 보니 무릎 나온 체육복을 입고 어슬렁거리고 있는 트럭 운전수 김남호였다. 그는 손에 까만 비닐봉지를 들고 있다. 그는 군대에 갔다가 줄을 잘 서서 수송학교에 가는 바람에 대형면허를 갖고 제대한 동네 형이었다. 남호 형은 '츄레라'라는 이름의 긴 트럭을 몰았다. 츄레라는 바퀴만 해도 스무 개가 넘었다. 그는 한 달에 한 번 정도 츄레라를 몰고 동네로 돌아와 서방시장 뒤의 공터에 세워두었다. 그리고 며칠 푹 쉬었다가 다시 떠나곤 했다. 동네 사람들은 이구동성으로 남호 형을 칭찬했다. 참하고 착한 효자라고 칭찬이 자자했다.

"자퇴했어요." 수찬은 시큰둥하게 대답했다.

"고등학교는 졸업해야지 인마?" 깜짝 놀란 말투로 남호 형이 되물었다.

"어차피 대학도 안 갈 텐데요. 아부지 때문에 폭삭 망해서 울 엄마 행상하잖아요. 돈 벌고 싶어요. 대학은 공부 잘하는 수란이가 가면 되고요."

경비원을 피해 고무 다라이를 이고 종종걸음을 치던 어머니의 뒷모습이 떠올랐다. 어머니의 그 모습이 수찬한테는 슬픈 충격으로 다가왔다.

"진짜구나 너. 아까 시장통에서 행상하는 이모 봤어. 사과 몇 알 샀는데……." 남호 형이 비닐봉지를 들어 보였다.

수찬은 비닐봉지를 외면했다. 이상하게도 쪽이 팔렸다. 군이 그럴 필요가 없는데 콧등이 찡하게 울리면서 눈물이 핑 돌았다.

"너, 나 따라갈래?" 남호 형이 말했다.

그렇게 수찬은 자퇴하는 날 남호 형의 조수가 되어 츄레라를 탔다. 1978년 가을 어느 날이었다.

다음 날 새벽, 광주 아시아자동차 공장에서 장갑차 두 대를 싣고 포항으로 갔고, 포항에서 포클레인을 싣고 삼척으로 갔다가 또 다른 중장비를 싣고 울산으로 내려갔다. 울산에서 부산, 부산에서 구미로 돌며 중장비를 옮겨주고 운임을 받았다. 도시와 도시를 떠돌았지만 츄레라는 한군데 오래 머물지 않았다. 물건을 내려놓고 트럭터미널에 가 있으면 금방 화물주가 나타났다. 그러다 보니 츄레라는 거의 대부분의 시간을 길 위에서 달리고 있었다. 속도는 아주 느렸다. 고속도로가 아닌 국도는 좁았고 구불구불했으며 포장이 안 된 지역도 많았다.

츄레라 안에는 코펠과 석유 버너가 있어서 자주 라면을 삶아 먹었다. 머무르지 않고 떠도는 삶. 나그네의 삶이 고달팠지만 수찬은 서방의 단칸방으로 돌아가고 싶진 않았다. 장비를 싣지 않은 날에는 운전도 조금씩 배웠다. 성격 좋은 남호 형도 수찬한테 운전을 가르칠 때에는 학교의 '미친개'보다 더 미친개가 되었다. 특히 급브레이크를 밟는 것에 대해서는 쌍욕을 퍼붓거나 따귀를 때리기도 했다.

"야, 개새끼야! 무거운 장비를 싣고 급브레이크를 밟으면 여러 사람 죽어 인마. 무게를 못 이겨 장비를 실은 채로 도로에서 뒤집어져. 큰 사고가 나는 거야. 너

하나만 죽으면 괜찮아. 그런데 죄 없는 다른 사람들이 죽을 수도 있어 인마!"

긴 츄레라 운전은 어려웠지만 도전 욕구도 생겨 포기하지 않고 틈만 나면 운전대를 잡았다. 급브레이크만 밟지 않으면 남호 형은 아주 친절하게 운전을 가르쳐주었다. 수찬은 빠르게 운전을 배웠다.

삼척에서 원주까지 불도저를 옮겨주고 운임으로 십만 원을 받으면 회사에는 칠만 원만 보내주고 나머지를 수당으로 받았다. 가끔 십이만 원을 받으면 십만 원받은 것처럼 회사에 입금하고 이만 원을 뻥땅 쳤다. 뻥땅을 칠 때마다 몹시도 쑥스러워 하는 남호 형이 수찬은 좋았다. 그가 쑥스러워 할 때는 귓불이 빨개졌다.

"야, 핸들만 잘 잡고 있으면 벌이가 엔간한 월급쟁이보다 훨씬 나아!"

남호 형의 말이 옳은 것 같았다. 수찬은 츄레라 운전수라는 직업도 좋다는 생각이 들었다. 만 스무 살이 되면 면허를 딸 수 있다고 했으니 5월에 도전해볼 예정이었다. 수찬이 도전 의사를 밝히자 운전수 형이 등짝을 치며 잘 생각했다고 말했다. 대형면허만 있으면 굶어 죽진 않는다며 힘을 북돋아주었다.

"너, 쿠웨이트라고 아냐?"

포항제철에서 자동차용 강판을 싣고 광주 아시아자동차 공장으로 오는 도중에 남호 형이 물었다. 함양을 지나 인월에 도착해 백반을 먹을 때였다.

"쿠웨이트요? 모르는데요."

"중동에 있는 나라잖아. 어지간히 공부 안 한 모양이다, 너?"

그의 말에 수찬은 빙그레 웃었다.

"내년에 쿠웨이트로 갈 거야. 가서 한몫 잡아 와야지. 츄레라를 사서 나도 운송회사를 차릴 거야. 츄레라하나로 시작해서 차근차근 늘려나가야지."

동네에서도 몇은 중동으로 떠났다. 특별한 기술이 없어도 가능했지만 건축이나 토목 관련 자격증이 있으면 월급이 많다고 했다. 수찬의 사촌 형인 주찬도 작년에 배관 기술을 배워 중동으로 나갔다. 중동에서 꼬박꼬박 보내오는 돈을 작은어머니가 계를 하다 모두 떼였다는 사실을 사촌 형은 모르고 있었다. 수찬은 그게마음 아팠다. 츄레라는 운봉을 지나 남원으로 가는 여원재에 들어섰다.

"이 고개를 내려가면 남원이다. 춘향이의 고향이지.

봄에라도 당장 중동으로 나가고 싶은데. 부모님이 결혼하고 나가라고 성화라, 후년으로 미뤘다. 봄에 결혼하고 일 년은 살고 나가라고 하니, 노인네 말을 따라야지. 마침 선을 본 처자도 있고."

남호 형이 쑥스럽게 웃었다. 가까스로 여원재를 내려와 남원역 근처에서 짜장면을 사 먹고 순창으로 향했다. 순창을 지나면 담양이었다. 담양에서 광주까지는 길이 좀 수월했다.

"이 길, 진짜 끝내주지? 우리나라에서 손꼽히게 아름다운 길인 거 같아. 너도 면허 따서 나랑 같이 쿠웨이트로 나가든지." 남호 형이 메타세쿼이아 길을 지나며 말했다.

"나야 좋지요. 더구나 형이랑 같이 가면 더 많이 배울 수도 있고, 의지도 되고." 수찬은 빙그레 웃으며 말했다. 정말 그랬으면 좋겠다는 생각이 들었다.

"아참, 군대 갔다 와야지. 군대 갈 때도 면허 있으면 유리하니, 일단 면허는 따자."

군대를 갔다 와야 한다니, 괜히 좋다만 말았다. 군대 생각을 하니 가슴이 답답했다. 행상하는 어머니 생각에 가능하다면 당분간은 군대를 빠지고 싶었다.

한 달이 조금 지나 서방의 단칸방으로 돌아가자 어머니는 수찬의 가슴을 때리며 울었다. 아무 소식도 없이 사라진 셈이니 그럴 만도 했다. 수찬은 어머니를 꼭 안아주었다. 수찬은 츄레라 조수의 월급을 어머니 앞에 내놓았다. 남호 형이 삥땅을 쳐서 모아놓은 돈이었다. 어머니의 눈물이 돈뭉치 위로 뚝뚝 떨어져 내렸다.

가을에서 겨울까지 그리고 다음해 봄까지 수찬은 남호 형의 조수가 되어 전국을 떠돌았다. 고등학교를 무사히 졸업한 친구 중에서 열에 넷만 대학에 갔고 나머지는 취업했다. 대학에 못 가는 사람이 많았으니 흉 될 것도 없었다. 수찬은 여전히 남호 형의 옆자리에서 운전을 배우며 츄레라 운전기사의 꿈을 키워갔다.

남호 형은 1979년 5월에 결혼했다. 5월의 신부는 아름다웠고 서방시장의 효자 신랑은 멋이 철철 넘쳤다. 신랑 입장할 때 남호 형은 절룩거리며 걸었다. 신부의 전남방직 동료들이 신랑을 거꾸로 매달아 발바닥을 북어로 때리고 또 때렸다는 소문이 돌았다. 발바닥을 많이 맞아야 첫날밤 정력에 좋다는 농담을 주고받으며 결혼식 전야를 즐긴 탓이었다. 신혼여행을 제주도로 다녀온 남호 형은 서방삼거리에 사 둔 집 문간방에다 신혼방을 차렸다. 본채에 부모님을 모시고 사는 결혼의 시작이었다.

*

"그래서 면허는 땄냐?"

병규가 물었고, 나와 효균은 약속이나 한 듯이 수찬의 얼굴을 쳐다보았다.

"뭐야, 뭐야? 너희들의 이 표정은?" 수찬이 뒤로 한발 물러섰다.

"땄어?" 이번에는 내가 물었다.

"당연히 땄지. 이 형님이 하는 일인데, 못 땄겠냐?"

"그럼 면허증 내봐." 다시 내가 말했다.

"그 귀한 것을 왜 너희한테 보여줘? 안 돼!"

"못 땄구만." 내가 말하자 "맞네 못 땄어"라고 효균이 맞장구를 쳤다.

"땄으면 어떻게 할래?" 수찬이 물었다. 잠시 침묵이 흘렀다.

"알았어. 통닭에 호프 사 줄게." 병규가 나섰다.

"그걸로 안 돼. 나를 형님으로 불러." 수찬이 말하자,

이구동성으로 무슨 개소리냐고 아우성을 쳤다.

"면허를 못 땄으면 내가 니들을 형님으로 부를게."

"그래, 좋아 콜!"

"나도 콜!" 효균의 베팅을 내가 받았다.

"그럼 면허증 까라!" 병규가 말했다.

"너희들은 실수한 거야." 수찬이 뒷주머니에서 지갑
을 꺼냈다. "지금이라도 내기를 취소하면 내가 받아주
고." 수찬이 실실 쪼개며 말했다.

"면허증이나 까 인마." 내가 말했다.

*

서방시장통에 있는 호프집에서 남호 형 환송회가 열
렸다. 1980년 4월 어느 날이었다. 일차로 시장 안 식당
에서 돼지갈비를 먹고 이차로 호프집에 온 것이었다.
날이 밝으면 남호 형은 서울에 있는 회사 연수원으로
들어가 교육을 받고 김포공항에서 비행기를 타고 리비
아로 떠날 예정이었다. 호프집에는 발산댁 형수도 나
왔다. 시장통에서는 남호 형의 부인을 발산댁이라고
불렀다. 전남방직에 다니며 그 근처의 발산에서 살다

가 시집을 왔다고 사람들이 택호를 그렇게 붙였다. 고향은 영암이라고 했다. 광주에 사는 젊은 사람들 상당수가 시골에서 올라온 사람들이었다. 형수는 만삭이었다. 출산예정일이 5월 중순이라고 했다. 형수는 호프집에서 강냉이튀밥만 먹으며 남호 형과 수찬의 대화를 건성으로 듣고 있었다. 형수는 조용한 미소가 일품인 여자였다. 게다가 귄이 있는 수수한 미모로 호감을 많이 샀다.

호프가 두어 순배 도는 사이에 옆자리에 건장한 사내 손님 셋이 들어왔다. 그들은 안하무인으로 떠들며 호프를 마셨다. 입을 열면 쌍욕이었고 다리를 쩍 벌리고 앉아 목청을 높였다. 그중 하나가 줄담배를 피웠는데 일부러 발산댁 형수한테 담배 연기를 뿜어댔다. 형수가 얼굴을 찡그리며 자리를 피했다. 서방삼거리에서 자주 보던 낯익은 녀석들이었다. 서방파 꼬마인 것 같았다. 떡대가 떡 벌어졌고 짧게 쳐올린 스포츠머리에 통통한 몸매가 전반적으로 네모인 깍두기들이었다.

"너, 필기에서 떨어졌다며?" 남호 형이 웃는 표정으로 말했다.

"그러니까요. 필기만 붙었으면 실기는 그냥 통과인

데."

수찬은 담배 연기가 자꾸만 신경에 거슬렸다. 수찬도 작년부터 담배를 피웠다. 하지만 시비를 거는 게 분명해서 슬슬 꼭지가 돌기 시작했다. 더구나 건장한 깍두기들이 만삭의 여성을 건드리는 걸 나 몰라라 하는 것은 정의로운 남자의 자세가 아니었다.

"최소한 문제집이라도 읽고 갔어야지요. 다음에는 내가 문제집 사 줄게요." 형수가 말하는 사이에 담배 연기가 훅 넘어왔고, 그 바람에 그녀가 캑캑거리며 헛기침을 했다.

"형수님 편찮으신 거 같은데 형님이 모시고 들어가세요. 내일 출발하려면 쉬셔야지요."

수찬은 녀석들을 손봐야겠다고 생각해 남호 형과 형수를 먼저 집으로 들여보내려고 했다. 먼저 들어가라고 하니 남호 형이 서운한 표정을 지었다. 남호 형은 한번 술을 입에 대면 뽕을 빼려고 드는 체질이었다.

"야 수찬아. 이 형님 시간 많아. 오백 한 잔만 더 하고."

지금부터 안 좋은 꼴을 볼 수도 있어서 수찬은 고민이었다. 그래도 의리상 그냥 넘어갈 수는 없었다. 옆자리의 깍두기가 형수를 향해 또 담배 연기를 뿜었다. 재채기가 멈추지도 않았는데 또 연기를 먹자 형수가 배를 잡고 캑캑거렸다. 수찬의 꼭지가 핑 돌았다.

"이봐 깍두기님들! 담배 매너 좀 지켜주세요!" 수찬은 공손하게 말하면서도 말끝을 올렸다.

"귓구멍에 깍두기라고 들어온 거 같은데." 담배 연기를 뿜던 깍두기가 벌떡 일어섰다.

"너 깍두기 되었다, 아조 좆 되었다." 다른 깍두기가 서 있는 깍두기를 놀렸다.

"야, 저 새끼 눈깔 봐라. 눈 깔아 새끼야. 먹물을 쪽 빨아버리기 전에." 앞에 서 있는 깍두기가 말했다.

"좆 까 새끼들아. 덤비기나 해!"

이렇게 싸움이 시작되었다. 수찬은 당황하지 않고 천천히 윗옷을 벗었다. 세 명의 깍두기가 이런 수찬을 보고 비웃었다. 수찬은 발산댁 형수와 남호 형을 테이블에서 멀어지게 했다. 수찬은 바로 앞에 있는 골뱅이 소면 접시를 들어 본인의 머리에 썼다. 고춧가루에 버무려진 붉은 소면이며 국물이 머리카락을 적시며 얼굴로 흘러내렸다. 수찬은 이어 오백 잔을 한 손에 하나씩 잡고 쾅 부딪쳐 깨버렸다. 오백 잔은 손잡이만 남기고 산산조각이 났다.

"덤벼 씨부럴 새끼들아! 좆 만한 새끼들이 까불고 있어!"

수찬은 손잡이만 남은 깨진 오백 잔으로 자신의 배를 긁다가 담배 연기를 내뿜던 깍두기의 머리를 쳤다. 순간적으로 얼굴을 칠까 하다가 인생이 불쌍해 참았다. 녀석은 한 방을 먹고 겁에 질려 뒤로 물러섰다. 녀석이 머리를 손으로 감쌌다. 손가락 사이로 피가 뚝뚝 흘러내렸다. 수찬은 테이블을 들어 깍두기들을 향해 던졌다. 호프집은 아수라장이 되었다. 녀석들은 슬슬 물러나더니 달아나버렸다.

"야, 너 정말!"

남호 형이 걸레를 가져와 수찬의 머리를 닦았다. 수찬의 배에서 나오는 피를 보고 발산댁 형수가 발을 동동 굴렀다. 호프집 사장이 깨끗한 수건을 가져와 수찬의 배에 둘러주었다.

"어서 나가자. 가서 아까징끼라도 발라야지."

남호 형이 수찬을 데리고 호프집에서 데리고 나가려는 순간, 십여 명 남짓의 조폭들이 호프집으로 들이닥쳤다. 각목과 쇠파이프를 든 놈들도 있었다. 조폭들을 본 남호 형이 벌벌 떨었다. 수찬은 그들을 보고 피식 웃었다.

"너냐?" 조폭들의 대장인 듯한 녀석이 물었다.

"그래. 나다!" 수찬이 맞받았다.

"야 수찬아. 얼른 사과하고 가자, 응?" 남호 형이 수찬의 손을 잡아끌었다.

"형님 잠시만. 구석으로 좀 비켜 있으세요."

수찬은 손을 뿌리치고 남호 형과 형수를 호프집 구석으로 밀었다. 그러자 각목을 쥔 꼬마 녀석이 앞으로 튀어나왔다. 수찬은 녀석 앞으로 뒤집어진 테이블을 밀었다.

"양아치 새끼들이냐? 양아치 새끼들이 아니라면 좀 기다려라!"

수찬이 바지를 벗으며 말했다. 조폭들이 의아한 표정으로 쳐다보았다. 수찬이 바지를 벗고 팬티까지 벗으려고 하자 남호 형은 발산댁을 데리고 호프집에서 나갔다. 수찬은 신발과 양말까지 벗었다. 성기를 덜렁거리며 맨몸과 맨발로 조폭들과 맞섰다. 수찬은 깨진 오백 잔을 두 손에 쥐었다. 깨진 오백 잔으로 자신의 머리를 그었다. 앞이마로 붉은 선혈이 흘러내렸고 유리를 밟은 맨발도 피로 물들었다. 온몸이 곧 피칠갑으로 변했다. 깨를 홀딱 벗은 피투성이의 수찬이 성기를 덜렁거리며 단독으로 조폭들과 맞섰다.

"너희들이 이러고도 서방파냐?" 수찬은 흥분하지 않고 낮은 목소리로 말했다.

"씨부럴 놈들! 한 놈씩 오지 말고 한꺼번에 덤벼!"

각목과 쇠파이프를 든 행동대원들이 앞으로 나섰다. 싸움은 길지 않았다. 수찬이 주먹을 휘두르기도 전에 각목과 쇠파이프가 다리를 쳤다. 수찬이 넘어지자 발길질이 태풍처럼 이어졌다. 수찬은 떡이 되도록 두들겨 맞고 어느 건물의 지하실로 끌려갔다. 그 지하실에서 수찬은 키 작고 호리호리하며 눈이 죽 찢어진 검은 얼굴의 사내 앞에 피칠갑이 된 채로 앉았다. 수찬은 아무리 맞아도 무릎을 꿇진 않았다. 그가 두목인 듯했다. 지하실에 있는 모든 조폭이 허리를 구십 도로 꺾어 인사했고, 그의 말이라면 누구도 토를 달지 않았다.

"내 밑에 들어오너라!" 그가 낮은 목소리로 물었다.

"싫소." 수찬이 간단하게 대답했다.

"이 새끼가 말이 짧다!" 하면서 누군가가 외쳤다.

"됐다." 두목이 손바닥을 들어 제지하자 "네, 형님!"

이라는 소리가 들렸다.

"다시 묻는다. 내 밑에 있어라."

"나는 츄레라 운전수가 꿈이요."

수찬의 말에 모두 웃었다. 자존심이 팍 상했다. 속으로는 무서웠지만 겉으로는 태연하려고 주먹을 꽉 쥐었다. 손톱이 손바닥을 파고들 지경이었다. 두목이 오기전에, 깍두기들이 잔뜩 겁을 췄었다. 산 채로 드럼통에 넣고 콘크리트 부으면 끝이라고 했다. 드럼통을 싣고 칠산 바다로 나가 던지면 아주 깨끗하다고, 광주에서 그렇게 인생을 종친 놈들이 많다고 했다. 수찬은 그들의 말이 사실이라고 생각했다. 공포에 질려 몸을 떨지 않으려 어금니를 악물고 버텼다.

"꿈이 뭐라고?" 두목이 다시 물었다.

"츄레라 운전수요. 츄레라를 배워 중동에 나갔다 와서 내 가게 하나 차리는 게 꿈이요."

수찬의 말에 조직원들이 또 웃었다.

"조용히…… 해라." 두목이 나직하게 말하자 모두들 침묵했다.

"뭐라고 츄레라 운전수? 허허 참." 두목이 웃었다.

"웃지 마세요. 나한테는 최고의 꿈이니. 동네 호프집

에서 임산부한테 담배 연기나 뿜어내는 저질 양아치들을 그냥 두는 건 좆 달린 새끼의 자존심이 아니니. 서방파가 저질 양아치 노릇이나 해서 되겠습니까?" 수찬은 떨면서 할 말을 했다. 피딱지가 굳어서 자꾸 가려웠다.

두목이 가만히 수찬을 바라보았다. 수찬은 고개를 돌리지 않고 마주 보았다. 두목이 씩 웃더니 일어섰다. 두목이 느닷없이 수찬의 따귀를 올려붙였다. 수찬은 이를 악물고 아픔을 참았다. 입 속에서 피가 뭉클 터졌다.

"멋진 놈이다."

두목이 수찬의 머리를 한 번 쓰다듬고 옆에서 공손하게 서 있는 부하에게 귓속말을 하고 지하실에서 나갔다. 두목이 지하실에서 나갈 때까지 모든 주먹들이 허리를 구십 도로 꺾어 인사했다. 그 지하실에서 수찬은 살아서 나왔다. 조직원이 되기로 한 것은 아니었다. 앞으로 행동을 조심하기로 하는 선에서 타협을 보았다.

*

"그러니까 면허를 못 땄다는 거네?" 병규가 말했다.

136

"킥킥, 뜻하지 않게 그리되었다." 수찬이 웃으며 말했다.

"너, 이제부터 우리를 형님으로 모셔라!" 내가 말했다.

"여부가 있겠습니까, 형님들!" 수찬이 주먹 감자를 먹으며 말했다.

"그런데 츄레라 운전수가 도청에는 왜 왔어?" 효균이 물었다.

"너희들이 와 있는 이유와 크게 다르지 않아."

수찬의 말에 모두 고개를 끄덕였다. 잠시 침묵이 흘렀고 수찬이 길게 한숨을 내쉬었다.

"남호 형은 리비아로 떠났어. 리비아에 대수로 공사가 있는데 일당이 어마어마한가 봐. 지하실에서 데리고 나와 곧장 전대병원 특실에 입원시키더라. 조폭들이 돈도 많은가 봐. 며칠 입원했다가 나왔지. 배와 머리 좀 꿰맸고. 남호 형이 떠나자 츄레라 조수 일도 끝났어. 행상하던 울 엄마는 시장에 자리를 잡았어. 특권이라고나 할까, 뭐 그랬어. 서방파에서 뒤를 봐준 거지. 엄마는 걱정이 많았지. 왜 걱정이 없겠어. 세상의 모든 엄마는 자식에 대한 걱정으로 사는 것 같아. 형수도 자주 찾아갔어. 일주일에 한 번은 갔어. 5월이 산달이라

각별히 신경을 썼어. 5월 21일에 형수가 산부인과 병원에 다녀오다가 그만 공수 놈들한테 당했어."

수찬은 목이 메어 한참 동안 말을 잇지 못했다.

"형수가 전남대 앞에서 함께 산부인과에 다니던 임산부 친구가 공수부대의 총질에 그만 즉사하는 것을 봤어. 이름이 '최 뭐'라고 했는데……. 엄마가 죽자, 배 속의 아이가 격렬하게 꾸물꾸물 움직이는 게 보이더래. 그래서 울며 공수한테 항의를 했더니 그만……. 소총에 매단 대검으로 젖가슴을 푹 찔러버렸다는 거야. 지금 대학병원 중환자실에 있어. 피를 많이 흘렸어. 엄청나게 수혈을 받아 간신히 목숨은 구했는데 여전히 사경을 헤매고 있어. 아기를 낳아야 하는데 젖가슴이 없어……. 하도 더럽게 찢어져서 도려냈다고 하더라고. 나는 발산댁 형수의 복수를 하기 위해 총을 들었어. 복수도 않고 나중에 형이 리비아에서 돌아왔을 때 내가 그 얼굴을 어떻게 볼 수 있겠냐? 형수는 중환자실에서 사경을 헤매고 있어. 얼른 나아서 아기도 낳아야 할 텐데."

수찬은 고개를 들어 밤하늘을 올려다보았다. 보름달이 되지 못한 창백한 달이 도청의 밤하늘 위에 떠 있었다. 흐린 구름 때문에 별은 보이지 않았다. '사람에게는 누구나 자기만의 별이 있어.' 지리산으로 야학 수련회를 갔을 때, 별을 보며 희순이 했던 말이 두서없이 떠올랐다. 희순은 북두칠성의 두 번째 별이 본인의 별이라고 당당하게 말했다. 희순의 그 당당함이 나는 늘 부러웠다. 그래서 곁에 가기가 그토록 힘들었는지 모르겠다. 내가 아는 별자리는 북두칠성과 오리온자리가 전부였다. 나는 그 어떤 별도 내 별이라고 말하지 못했다.

"야, 너희들은 안 피곤해? 눈도 좀 붙이며 쉬지 그래?" 박 실장이 민원실에서 나왔다.

"젊음이 좋네. 며칠 동안 잠을 못 자도 저렇게 붙어서 우정을 나누고 있으니." 상우 형이 뒤따라 나왔다.

"근무 중 이상 무!"

수찬이 두 사람을 향해 거수경례를 붙였다. 정식 군인도 아닌데 조금 과하다는 느낌이 들었다. 박 실장은 작전상황실로 들어갔다. 나는 상우 형한테 가서 여기에 더 있어도 되느냐고 물었다. 상우 형은 내게 하고 싶은 대로 하라고 한 뒤 도청 본관으로 들어갔다.

수찬만 남겨놓고 세 사람은 본관으로 들어가 2층 상황실로 갔다. 상황실에 갔더니 의자에 앉아 자는 사람, 책상에 엎드려 자는 사람, 맨바닥에 누워 자는 사람 등

자는 사람들의 모습이 다양했다. 이종석 변호사는 부지사의 책상에 앉아 있다가 충혈된 눈으로 아들 효균을 바라보았다. 눈빛이 마구 흔들렸다. 벽시계가 막 새벽 1시를 넘어서고 있었다.

"그런데 병규야. 너는 무슨 좋은 일 있냐? 입이 귀에 걸려 내려오질 않더라." 상황실을 나오며 내가 물었다.

"좋은 일은 무슨, 그럴 일이 있어." 병규가 헤실헤실 웃으며 말했다.

"저 새끼, 연애해. 식당 지원반 여고생이랑. 이름이 뭐래더라? 미……." 효균이 막 이름을 말하려 하자 병규가 입을 막았다.

"첫사랑이냐?" 내가 묻자 병규가 고개를 끄덕였다.

"대학생이 되면 미팅도 많이 한다더만, 미팅도 안 했냐?" 내가 또 물었다.

"대학 입학하자마자 지금까지 데모만 했어. 결국엔 대학에 탱크가 들어오고 휴교령이 내려졌고. 미팅 한 번도 못 했어." 병규가 대답했다.

"야, 첫사랑 축하한다." 병규한테 엄지를 세워 보냈다.

"얼마나 치사한지. 그 여고생 말이야, 병규한테만 카레를 한 국자 더 떠주더라. 돼지고기 더 넣어서." 효균이 말했다.

"야, 너도 내 덕분에 한 국자 더 받았잖아! 그리고 너도 시체 관리 여고생이랑 얘기했어 안 했어?" 병규가 고자질처럼 말했다.

"야, 치사하다. 나는 아직 그 정도는 아냐 인마. 이제 겨우 서로 이름 정도 주고받은 것뿐이야." 복도의 흐린 불빛에도 효균의 얼굴이 빨갛게 달아올랐다.

효균은 상황실 앞에서, 병규는 중앙 계단 앞에서 금남로를 바라보며 경계근무에 들어갔다. 나는 상우 형을 찾아 상황실 반대편을 향해 복도를 걸어갔다. 두려움과 외로움이 나를 감싸 안았다. 병규나 효균, 수찬도 나처럼 두렵고 외로울까? 아니 피리 부는 소년은 어떨까?

7. _____ 새벽 1시

나는 대변인실로 갔다.

오늘 밤 어떻게 될지 모르겠다. 죽을 수도 있다. 하지만 죽고 싶지 않다. 이 젊은 나이에 여기서 죽는다면, 너무 억울한 일이다. 죽는 게 억울한 게 아니라 지금까지 단 한 번도 목청껏 소리 질러 본 적이 없다는 게 억울한 것이다. 월급을 떼이고, 무식하다고 손가락질을 당하고, 공돌이라고 무시해도 참아야 했다. 타행 객지에서는 그냥 참아야 한다. 괜히 까불었다가는 따돌림만 더 당할 뿐이다. 그런데 도청에 와서는 손가락질당한 적이 없다. 모두가 동등했고 평등했다. 죽음 앞에서 평등한 것인지, 시민군이어서 평등한 것인지는 모르겠다.

상우 형이 피로하고 지친 모습으로 앉아 있다가 나를 보고 빙그레 웃었다. 어쩐지 허망한 웃음 같아서 가슴이 아팠다. 피리 부는 소년의 웃음에서 외로움과 두려움이 언뜻 비쳤다. 그것이 나를 안심시켰다.

"눈 좀 붙여, 형." 내 목소리가 갈라져 나왔다. 얼른 헛기침을 해서 목소리를 가다듬었다.

"너나 좀 붙여라." 상우 형의 말에 물기가 묻어 있었다.

"나는 괜찮아요."

그랬다. 나는 정말 괜찮았다. 서른 살의 피리 부는 소년에 비하면 나는 팔팔한 스물하나의 청춘이었다. 청춘이었기에 야학의 교실에서 강학인 상우 형한테 악을 쓰며 달려들 수 있었다. 그 일이 벌써 아득하다. 희순의 뒤를 따라서 광천동성당으로 머뭇거리며 들어서던 그날의 노을을 나는 잊을 수 없다. 7월 중순 어느 후덥지근한 날이었다.

*

아무리 아름다워도 저녁노을은 쓸쓸하다. 타오르는 듯한 붉은빛이 구름을 물들이며 서쪽 하늘을 가득 채웠다. 이제 곧 태양이 서쪽 깊은 곳으로 떨어지면 노을도 함께 사라진다. 노을이 지나간 자리에는 땅거미가 몰려온다. 잔업하기 전 저녁을 먹고, 공장 옥상에서 하모니카 소리를 들으며 몰려오는 땅거미를 보고 있노라면, 골목 끝 자취방의 불 꺼진 쪽창이 떠올랐다. 더러운 물이 흐르는 광주천에 잠깐 노을이 비쳤고, 그 둑길을 희순은 빠른 걸음으로 걸어갔다. 나도 미행하듯이 희순의 뒤를 따랐다. 희순은 먼지가 피어오르는 좁은 도로를 걷다가 뒤도 돌아보지 않고 광천동성당으로 쑥 들어갔다. 성당 바로 앞에는 게딱지처럼 다닥다닥 붙어 있던 판자촌을 정리하고 새로 지은 광천시민아파트가 우뚝 서 있었다.

나는 쭈뼛거리며 희순의 뒤를 따라 성당으로 들어갔다. 붉은벽돌 건물 두 채와 큰 키의 메타세쿼이아 두 그루와 마리아 동상이 노을에 젖어 고요히 잠겨 있었다. 희순은 정문에서 가까운 '대건안드레아교육관'으로 들어갔다. 교육관의 문은 작았다. 반면에 여러 개의 칸으로 나뉜 유리창은 크고 넓었다. 본당과 교육관 모두 붉은벽돌로 지어져 아주 고풍스러웠다. 오랜 세월을 견디며 저 자리에 있었던 느낌이 들었다. 나도 교육관 안으로 들어가고 싶었지만 성당은 처음이라 그럴 수는 없었다.

교육관 창문은 열려 있고, 안에서 두런두런 이야기

를 하는 목소리가 새어 나왔다. 나는 귀를 쫑긋 세웠다. 유리창으로 슬쩍 안을 살펴보니 젊은 남녀가 모여 앉아 토론을 하고 있는 것처럼 보였다. 그 속에 희순도 섞여 있었다. 공장에서 보던 희순이 아니라 조금은 낯설었다. 팔짱을 끼고 다른 사람의 말을 열심히 듣고 있었다.

"희순이도 말 좀 해봐." 갸름한 얼굴의 젊은 남자가 말했다.

"제가 뭐 아는 것은 없지만 그동안 공부해온 것을 생각해보니, 1884년 5월 1일 미국 시카고의 방직공장 노동자 투쟁에서도 들불이란 단어가 나오는 것 같아요. 어거스트 스파이스라는 노동자가 사형을 선고받고 최후로 진술한 말에 나옵니다. 그래서 저는 들불이란 이름이 좋아요."

"간단하게만 말하지 말고, 좀 자세히 얘기를 해야지. 이름을 정하는 일은 아주 중요한 일인데. 그날 시카고에서 무슨 일이 있었는지."

"그날, 여덟 시간 노동제를 위하여 시카고의 공장노동자들은 기계를 멈췄어요. 토요일이었는데 굴뚝의 연기도 나오지 않고 망치 소리도 끊겼고 차량도 모두 멈추었죠. 상점들은 문을 닫았고 거리는 인적이 끊겨 한산했어요. 그러나 수만 명의 노동자들이 외출복을 차려입고 미시간 거리로 모여들었죠. 장시간 노동과 저임금에 시달리던 수만의 노동자들이 일제히 공장 문을 닫고 거리로 쏟아져 나와 여덟 시간 노동제를 외쳤답니다. 이날의 행진은 평화롭게 끝났습니다. 이틀 후 경찰은 깡패를 동원해 노동자들이 농성 중인 매코믹 수확기 공장을 습격하여 여섯 명의 노동자를 무참히 살해했습니다. 파업은 전국으로 확대되었고, 헤이마켓 광장에서 경찰의 만행에 항의하는 집회가 열렸지요. 늦은 밤 경찰의 무차별 사격으로 이백여 명이 죽거나 다쳤습니다. 어거스트 스파이스는 폭탄을 던진 혐의로 처형된 사람 일곱 명 중의 하나였습니다. 그는 최후진술에서 이렇게 말했어요. '우리를 처형함으로써 노동운동을 쓸어 없앨 수 있다고 생각한다면, 우리의 목을 가져가라. 하나의 불꽃을 짓밟아버릴 수는 있다. 하지만 당신 앞에서, 뒤에서, 사방팔방에서 끊일 줄 모르고 불꽃은 들불처럼 타오르고 있다. 그렇다. 그것은 들불이다. 그 누구도 이 들불을 끌 수는 없으리라.' 이렇게요. 나는 우리의 정신과 노력이 들불처럼 번지기를 소망한

답니다."

희순은 무척 똑똑한 모양이었다. 더듬지도 않고 차분하게 말을 이었다. 미국에도 나 같은 공돌이들이 많았다는 게 신기했다. 이어 박관훈이라는 사람이 말을 했고 윤상우란 사람이 들불야학으로 이름을 정하자고 제안하자 모두 찬성하는 것으로 회의가 끝난 모양이었다. 누군가가 출출하니 양동시장에 가서 막걸리를 마시자고 하자 좋다고 대답하는 소리가 들렸다. 그들이 밖으로 나오기 위해 일어나는 소리, 책상이며 의자가 바닥에 끌리는 소리가 났다. 나는 도망치듯 성당에서 나왔다.

성당에서 나오면 바로 왼쪽에 시민아파트가 서 있다. 연탄재가 나뒹구는 길을 지나 30여 미터쯤 걸어 나오면 비포장의 도로가 나왔다. 도로 양쪽으로 온갖 상점들이 줄지어 서 있었다. 그 길은 광천공단에서 쏟아져 나온 사람들로 흥성거렸다. 나도 그들 속에 섞였다. 광천동 버스 종점 근처에서 국밥이나 한 그릇 사 먹고 집으로 갈까 하다가 주머니가 빈 것을 깨닫고 그냥 걸었다. 발산에서 일신방직에 다니는 누나와 함께 자취를 하다가 독립해서 나온 지 이제 석 달이 막 지났다.

자취방 문을 열면 곧장 부엌이었다. 부엌에는 눅눅한 습기와 큼큼한 냄새가 배어 있다. 바닥은 삼양라면 봉지가 낙엽처럼 쌓여 푹신했다. 방에 들어가 개어놓은 이부자리를 베고 누웠다. 피로와 짜증이 한꺼번에 몰려들었다. 방 안을 둘러보니, 빈 소주병 몇 개와 꽁초가 꽉 찬 소주병, 낡은 기타가 보였다. 기타를 잡았다. 노래책을 찾아 두리번거리니 냄비 아래 받침대로 쓰이고 있었다. 나는 양희은의 「이루어질 수 없는 사랑」을 펴고 코드를 따라가며 기타를 쳤다. 'C-Am-Dm-G7'이 계속 변주되는 노래였다. 혼자 노래를 부르자니 기운이 빠졌다. 슬픈 노래라도 친구들과 함께 와자지껄 떠들며 불러야 맛이 제대로 나는 법이었다. 노래책을 발로 밀어놓고는 기타를 벽에 걸었다. 문득 배가 고팠다.

부엌으로 나와 살펴보니 먹을 것이 없었다. 냄비에 물을 넉넉히 넣고 쌀을 안쳐 곤로에 불을 붙였다. 찬장에서 라면 하나를 꺼내 봉지를 찢었다. 밥물이 끓어오르자 라면을 넣고 뚜껑을 덮었다. 밥이 다 되어 냄비 뚜껑을 열면 기름이 자르르 밴 라면밥이 모습을 드러냈다. 냄비를 들고 방으로 들어가 노래책 위에 올렸다.

고추장과 버터를 크게 한 숟갈씩 넣고 비볐다. 라면밥은 곧 빨간 밥이 되었다. 김치도 없이 빨간 밥을 먹었다. 꾸역꾸역 밥을 밀어 넣다가 목이 메면 마당에 있는 펌프로 물을 퍼 올려 벌컥벌컥 마셨다. 물에서는 쇳내가 났다. 이렇게 살고 싶지는 않았다. 평생 공돌이로 늙어 죽는다면 너무 비참한 인생이었다. 다른 삶을 살아야 한다고, 공장을 떠나 다른 직업을 가져야 한다고, 그러기 위해서는 국민학교 졸업장 밖에 없는 이 삶을 바꿔야 한다고 생각했다. 나와는 무언가가 다른, 희순을 생각했다. 조금 멀어진 느낌이 들었다. 나는 사랑하는 법을 배우지 못했다. 사랑한다고 말을 하면 사랑이 시작된다고 믿었다. 어리숙한 사랑법이었다.

며칠 후 전봇대에 '근로 학생 모집' 안내문 종이가 붙었다. 배움의 길을 포기한 사람들을 위한 야학, 중학교 과정, 검정고시 합격 목표, 남녀노소 누구나 환영. 더구나 광천동성당에서 야학이 열린다는 것이었다. 공장으로 출퇴근을 하면서 등하교를 하는 교복 차림의 학생들이 속으로 무척 부러웠다. 학삐리 새끼들이라고 욕을 했지만 속마음은 반대였다. 나는 같은 공장에 다니던 병관과 용수를 야학에 다니면 여자도 많이 만날 수 있다는 말로 설득해 함께 면접을 보러 갔다. 그곳에 가면 희순을 볼 수 있다는 희망이 있었다. 면접을 보러 갔더니 아니나 다를까 희순이 있었다. 내 얼굴이 빨갛게 달아올랐다. 윤상우라는 교사가 야학에 왜 왔느냐고 내게 질문했다. 시답잖은 너무나도 뻔한 질문에 성질이 확 올라왔다. 나는 검정고시 합격이 목표라고 대답했다.

*

상우 형과 함께 도청을 한 바퀴 돌았다.

보초를 서고 있는 몇몇을 빼고는 도청에 있는 사람들은 거의 잠에 빠져 있었다. 사무실마다 코 고는 소리가 요란했다. 별관 2층 회의실에 깔아둔 매트리스에서는 여성들이 몸을 구부리고 새우처럼 자고 있었다. 나도 눈이 뻑뻑하고 아팠다. 눈에 모래 몇 알이 들어있는 것만 같았다. 1층 작전상황실에도 책상에 엎드려 자고 있는 사람들이 눈에 띄었다. 상황실 사람들은 벌써 며칠 밤을 뜬눈으로 지새우고 있던 터였다. 도청은 어둠과 고요에 잠겨 있었다.

"우리 입학식 했던 날이 생각나요. 학생이라고 하지 않고 학강이라고 했던 거." 대변인실로 돌아와 상우 형을 보며 말했다.

"그랬지." 상우 형이 빙그레 웃었다.

"우리는 선생이 아닙니다. 강학이라고 부릅니다. 가르칠 강 배울 학. 우리는 여러분한테 조그마한 지식을 가르치지만 여러분은 현장에서 경험한 것을 우리에게 가르쳐주시길 바랍니다. 여러분은 우리를 강학이라고 부르고, 우리는 여러분을 학강이라고 부르겠습니다. 이 말을 지금도 또렷하게 기억하고 있지." 상우 형이 말했다.

그날, 희순의 본명을 알았다. 김희순이 아닌 박희순. 대학을 다니다가 자퇴하고 야학을 열고 스스로 공순이가 된 여자의 이름. 처음엔 여공이 아니라 실망했고 다음엔 대학생이었다는 사실에 절망했었다. 오르지 못할 나무로 느껴졌다. 나는 혼란스러웠다. 거의 대부분의 남자들을 오빠가 아닌 '형'이라고 부르는 것도 못마땅했다. 그러나 박희순은 야학에 코빼기도 비치지 않았다.

"관훈이는 잘 숨어 있는지 모르겠다." 상우 형이 박관훈 강학을 걱정했다.

관훈 형은 들불의 강학이었다가 대학의 총학생회장이 된 사람이다. 계엄이 제주도를 제외하고 전국으로 확대된 5월 18일 아침 8시, 상우 형과 함께 살던 자취방으로 관훈 형이 찾아왔다. '일단 몸을 숨겨. 도시를 떠나. 무슨 일이 생겨도 도시에 돌아오지 마. 꼭 살아남아 나중을 기약해야 해!'라고 말했다. 공수부대가 들어오기 전에 이미 상우 형은 비극을 예견하고 있었는지도 모르겠다. 그 자리에 나도 있었다. 반드시 살아남아서 다음을 기약하라고 하자 관훈 형은 울며 도시를 떠났다. 상우 형은 이미 알고 있었던 것일까?

지금 이 도시의 사람들은 잘 모르고 있다. 이 도시의 투쟁을 이끌고 있는 정신적인 사령관이 있다는 사실을. 그 사령관은 상우 형이다. 상우 형이 《투사회보》를 통해 시민군을 이끌고 있다고 나는 생각했다.

"그날 장기 자랑에 장은숙의 「함께 춤을 추어요」를 불렀던 거 지금도 생생하다 야. 얼굴이 빨개져서 엉터리 막춤을 추는데 아주 귀엽더라." 상우 형이 말했다.

"참 내, 그 후로 지금까지 함께 춤을 추고 있잖아요. 생전 처음 보는 여자애들 앞에서 추려니까 얼마나 쪽팔리던지." 내가 말했다.

솔직히 처음 보는 여자들 앞에서 노래하고 춤추는 게 쪽팔려서 얼굴이 빨개진 것이었다. 희순은 나보다 나이가 두 살이나 많아 입학식 하던 날부터 누나라고 불렀다.

지난 4월, 대학에서 총학생회장을 뽑는 선거가 있었다. 그 선거에 후보로 관훈 형이 나섰다. 관훈 형은 야학에서 강학을 하다가 대학으로 돌아갔다. 선거유세를 보고 온 상우 형이 관훈 형의 연설을 흉내 냈다. 그 이야기를 꺼냈다.

"정말 관훈이의 그 연설은 최고였지. 내가 들은 그 어떤 연설보다도 명연설이었지. 단상에 떡하니 올라가서 마이크를 잡고 말이야. '여러분, 내 꿈은 이제 판사도 아니고 변호사도 아닙니다. 내 꿈은 이제 순임입니다. 순임은 내 어머니입니다. 아니, 여기 모인 우리 모두의 어머니입니다. 순임은 또한 내 누이입니다. 아니, 여기 모인 우리 모두의 누이입니다.' 시작이 황홀하더라. 팔에 소름이 막 돋는 거야." 상우 형이 말했다.

"형도 참. 그날도 이렇게 과장하더니 오늘도 그러네." 내가 비꼬듯이 말했다.

"야, 과장 아니야 인마. 진짜 연설 좋았어. '나는 그래서 내 어머니인 순임이, 내 누이동생인 순임을 내 양심으로 삼아 살아갈 것입니다. 순임의 아픔과 희망을 내 가슴에 끌어안고 여러분과 함께…….'"

갑자기 상우 형의 목소리가 떨리더니 잦아들었다. 박관훈 강학이나 상우 형이 말하는 순임은 야학을 함께 다니는 일신방직 여공 최순임이었다. 두 사람 모두 여성 노동자의 상징으로 순임이라는 이름을 썼다.

"왜 그래요 형." 내가 물었다.

"관훈이의 그 연설이…… 내가 은행을 때려치우고 광주로 다시 돌아와 야학을 하고, 오늘 이 자리에 있는 이유다. 순임이와 함께하고, 너와 함께하기 위하여." 상우 형이 내 손을 꼭 잡았다.

징그러웠지만 손을 얼른 빼진 않았다. 상우 형의 손바닥은 땀으로 흥건했다. 상우 형의 땀에는 어떤 슬픔 같은 게 담겨 있다고 느껴졌다. 피리 부는 소년. 사실 상우 형이 분 것은 대금이었지만 나는 그냥 피리라고 했다. 상우 형의 피리는 어쩐지 애간장을 끓게 만들었다. 무언가를 자꾸 생각하게 만들었다.

"지금 피리가 있으면 한 곡조 뽑으면 좋겠네요." 상우 형을 보며 말했다.

"이런 시간에 대금을 불면, 귀신이나 좋다고 나오지 뭐." 상우 형의 대답에 내 가슴이 서늘해졌다.

"사람들이 평화롭게 자네요. 자정이 넘어가니 한고비 넘겼다고 생각해서 그런 모양인가?"

"계엄군이 안 왔으면 좋겠어. 이렇게 평화롭게 밤을 보냈으면 싶어." 상우 형이 말했다.

"형은 안 무서워요? 나는 솔직히 무서워요." 내가 물었다.

"나도 무서워. 아주 많이 무서워. 그래도 여기에 있어야 하니까. 계엄군과 전투가 붙으면 결과적으로 죽겠지만……. 백기를 들고 살아서 계엄군을 맞이하는 것과 총을 들고 피에 젖은 깃발을 들고 계엄군을 맞이하는 것은 엄연히 다르지."

"그래도 죽으면 소용없는 것 아닌가?" 솔직하게 나는 이것이 궁금했다. 죽을 줄 뻔히 알면서 여기에 있는 이유. 그 말을 듣고 싶었다.

"도청에서 계엄군을 맞이하게 될 줄 누가 알았겠냐? 한 번도 상상해본 적이 없어. 박정희가 갑자기 죽자 일이 이상하게 꼬이며 돌아가고 있는 거야. 박정희가 심복 부하인 중앙정보부장의 손에 죽게 될 줄도 몰랐고.

그러니 그 어떤 대비도 없이 느닷없이 이 상황을 맞이
하게 된 거야. 나는 노동자가 되어 내 삶의 조건을 스
스로 변화시키며 살고자 했어. 변혁적 노동자가 되어
인간 해방의 세상에 살고 싶었지. 그렇게 살고 싶었고,
그렇게 살아가겠다고 수없이 많은 날을 번민하며 보냈
지. 사람마다 각자 사는 방식이 있어. 어제 저녁에 도
청을 떠난 사람들, 비겁하다고 손가락질해서는 안 돼.
그들도 도청에서 견딜 만큼 견딘 사람들이야. 그들은
비겁한 사람들이 아니야. 나는 그들의 결정을 존중하
고 있어. 내 삶의 방식이 존중받으려면 다른 삶의 방식
도 존중해줘야지. 의견이 다르다고 비난하거나 배척하
는 것은 민주주의가 아니야." 상우 형이 말했다.

"아, 민주주의! 또 그걸로 돌아오는 거야?" 장난삼아
목소리를 높였다.

"너 야학 초기에 나한테 막 해대던 거 생각난다. 강
학들한테 '당신들, 빨갱이 아니야? 씨팔 권리? 권리 좋
아하네. 공장에 가서 한번 일해봐라. 편한 밥 먹고 대
학 다니는 놈들이 알긴 뭘 안다고 지랄이야, 지랄이.'
이러면서 달려드는데 속으로는 생각이 참 많았지."

"그 얘기를 지금 왜 해? 아참 형도. 검정고시는 안

가르치고 맨날 무슨 사회니 노동이니 인간 존중이니 뭐 이런 것을 가르치니 성질이 빡 가서 그랬지. 그리고 무슨 꼬리가 이렇게 길어? 그걸 여태 꽁하니 가슴에 품고 있었구만." 내가 말했다.

"품고 있기는 그 순간에 다 털었지. 그나저나 저 코 고는 사람들, 아침까지 무사히 코를 골았으면 좋겠는데……. 그나저나 너는 왜 여기에 있냐? 집에 가면 되잖아?" 옆방에서 들려오는 코 고는 소리를 들으며 상우 형이 물었다.

"그걸 지금 말이라고 해요? 아, 돌아버리겠네." 버럭 성질이 올라왔다.

"들불 식구들이 모두 여기에 있는데 어디를 가요? 나는 우리 식구들이 지옥에 있다고 해도 그 지옥에 같이 있을 거예요. 희순 누나가 나한테 형을 부탁한다고도 했고요."

"희순이가?" 상우 형이 놀란 눈으로 나를 쳐다봤다.

상우 형은 내가 희순을 좋아한다는 것을 알고 있다. 들불 식구들 모두가 아는 사실이다. 내 가슴속에서 희순은 누나가 아니라 사랑하는 사람이었다. 나는 희순을 누나로서가 아니라, 야학의 선생으로서가 아니라, 한 인간으로서 사랑했다. 내가 지금 도청에 있는 이유는 사람을 사랑하기 때문이다. 나는 다시 희순의 생각에 빠졌다.

*

입학식을 하고 수업이 시작되었지만 정작 희순은 코빼기도 비치지 않았다. 헛배 빠지는 일이었다. 야학에 나오지 말까 하는 마음이 생겼으나 한번 시작한 거 끝을 보자는 생각이 들었다. 검정고시에 합격하는 것을 당장의 목표로 삼고 퇴근하면 광천동성당 교리실로 달려갔다. 학당에는 남학생보다 여학생이 많았다. 여학생들은 얌전하게 공부에 열중했지만 남학생들은 부잡스러웠고 수업 시간에도 떠들기 일쑤였다. 그중에서도 내가 제일로 부잡스럽게 굴었다. 보름 정도 지나 자연스레 알게 되었는데, 희순은 경찰에 쫓기는 신세였다. 무슨 교육지표사건 때문이라는데 대학에서 데모꾼인 게 분명했다. 희순뿐만 아니라 다른 강학들도 데모꾼인 것 같았다.

강학들은 수업 시간에 진도는 안 나가고 한국 사회

의 현실을 직시해야 한다는 둥, 그 안에 있는 모순을 정확히 알아야 한다는 둥, 사회구조를 바꿔 인간 해방의 날을 만들어야 한다는 둥의 말을 했다. 그들은 위험한 사람들이었다. 공부하기 싫어 데모하는 학생이라고 비난하고 손가락질했던 게 얼마나 큰 오해에서 비롯되었나를 나는 야학에서 새삼스레 느꼈다. 그들은 데모를 하려고 공부를 아주 많이 하는 사람들이었다. 교도소에 가는 것, 전과자가 되어 호적에 붉은 줄이 그어지는 것, 인생을 망치는 것을 두려워하는 사람들이 아니었다. 그들의 목표는 사람이 사람답게 사는 세상이었다.

나는 그 목표가 너무 무서웠다. 공장에서 일하는 공돌이가 어떻게 사람답게 살 수 있단 말인가? 버스 안 내양이 어떻게, 방직공장의 공순이들이 어떻게, 밤새 미싱을 돌리다가 손톱 위로 바늘이 드르륵 지나가는 공순이가 어떻게, 프레스 선반에 손가락이 잘려나간 공돌이가 어떻게, 고구마 값이 폭락한 농부가 어떻게, 농가 부채에 시달리다 밭고랑에서 농약을 먹고 자살하려는 농부가 어떻게……? 중학교도 못 가고 도시로 와서 온갖 공장을 다니며 살아야 하는 근본적 이유가 부모를 잘못 만나 가난하게 태어난 탓에 있다고 생각했다. 내가 공돌이로 사는 것은 부모 탓이었고 강학들이 대학생으로 사는 것도 부모 덕택이라고 생각하며 살아왔다. 그런데 그것이 잘못된 생각이라는 것이었다.

검정고시만을 목표로 삼은 학생들은 당황했다. 아무래도 수상하니 야학을 그만두어야겠다며 떠나는 사람들이 생겨났다. 강학들은 떠나는 사람들을 잡지 않았다. 우리는 젊었고 헤어지는 데에 익숙했다. 이 공장이 싫으면 저 공장으로 가면 그만이었다. 어차피 이 공장이나 저 공장이나 대우는 비슷비슷했다. 나도 혼란에 빠졌으나 눈앞에 닥친 검정고시를 치르고 싶었다. 검정고시를 통해 중졸을 따고, 다시 검정고시로 고졸을 따면 야간 전문대학을 갈 요량이었다. 전문대학에서 기계나 자동차, 전자나 전기, 화학이나 토목의 기술자가 되어 졸업하면 공돌이가 아닌 기술자의 삶을 살 수 있을 것이다. 나는 수업 시간에 윤상우 강학을 빨갱이로 몰아붙이고 험한 말을 쏟아냈다. 윤 강학은 논리적으로 나의 항의를 반박했으나 내 귀에는 모두 개소리로 들렸다. 나는 먹이를 빼앗긴 개처럼 으르렁거렸다.

"박희순 강학은 여대생이었다가 공순이가 되었습니다. 그것을 내가 고마워해야 하는 겁니까? 나는 절대로 대학생이었다가 공돌이가 되지는 않을 것입니다. 그래요. 나는 무식한 공돌이입니다. 검정고시를 봐서 똥통 야간대학에라도 다니고 싶어서 여기에 왔어요. 나는 빨갱이 교육을 받고 싶지 않습니다." 내가 큰소리로 항의했다.

"여러분에게 감사하다는 말을 들으려고 은행을 다니다가 때려치우고 한남플라스틱의 공돌이가 된 것은 아닙니다. 내 인생의 목표가 있기 때문에 그리한 것입니다. 제가 비록 여기서는 강학이지만 낮에는 플라스틱 공장에서 일을 하는 신뼁 공돌이입니다. 나도 먹고살아야 해서 공장에 나가고 있습니다. 공장에 나가 돈을 벌지 않으면 생활비가 없는 사람입니다."

윤상우 강학의 말에 나도 모르게 항의를 멈췄다. 플라스틱 공장에서 신입으로 일을 하고 있다고? 은행을 다니다가 돌아와서 더럽고 위험한 플라스틱 공장에서 일을 하며 야학에서 나를 가르치는 저 사람. 그래서 더 화가 났다. 얼마나 잘난 사람인가? 좋은 대학을 졸업하고 은행에 취직했어도 그 자리를 버릴 수 있는 사람이라니. 나로서는 도무지 이해할 수 없는 사람이었다. 나 같으면 절대로 은행에 사표를 던지지 않을 것이다. 내가 왜 다른 사람, 가난한 사람을 위해 살아야 하는가? 왜 정의롭게 살아야 한단 말인가? 적당히 타협하고 불의를 보면 살짝 고개를 돌리고 정의에 눈감고 살면, 안 되는 것인가? 그게 평범한 삶이 아닌가? 온갖생각으로 머리가 복잡해 미칠 것만 같은데 윤상우 강학은 나를 설득하느라 말을 더듬고 땀을 삐질삐질 흘리고 있다.

수업이 끝나고 윤상우 강학은 나를 데리고 버스 종점 근처 선술집에서 막걸리를 마셨다. 막걸리를 마시며 나는 각단지게 달려들었다. 막걸리를 몇 주전자나 마셨는지 모르겠다. 선술집에서 나오자 상우 형은 나를 자신의 자취방으로 데려갔다. 김치를 몽땅 넣고 라면을 끓여 소주를 마셨다. 소주에 취한 윤상우 강학이 깊은 밤에 대금을 불었다. 그의 대금 소리에는 창자를 끊는 듯한 슬픔이 배어 있었다. 잠시 뒤 깊은 밤에 무슨 짓이냐며 주인집의 거센 항의를 받기도 했다. 우리는 항의를 받고 낄낄거렸다. 술을 마시다가 새벽녘에 쓰러져 잠이 들었다. 윤상우 강학이 나를 흔들어 깨워 일어나 보니 밥과 국 그리고 김치 하나가 달랑 놓인 양은 밥상이 기다리고 있었다. 그와 나는 콩나물국에 밥을 말아 서둘러 먹고 함께 출근길에 나섰다. 한남플라스틱 공장 앞에서 헤어질 때, 나는 그를 형이라고 불렀다.

개학 한 달 만에 희순이 학당에 나타났다. 대학에 돌아가지 않는 조건으로 수배를 풀어줬다는 것이었다. 어차피 대학으로 돌아갈 마음이 없었다고 희순이 말했다. 나는 상우 형을 여전히 이해하지 못하는 것처럼 희순도 이해할 수 없었다. 대학을 스스로 포기하다니……. 상우 형과 희순을 비롯한 강학들. 그들은 위험을 무릅쓰는 사람들이었고 슬픔을 가르치는 사람들이었다. 그들이 가르치는 것을 하나씩 배워갈 때마다 나는 슬픔에 빠졌다. 내가 살아가는 세상을 정확하게 안다는 것은 얼마나 슬픈 일인가.

희순이 나타나자 내 입이 귀에 걸렸다. 강학으로 나타난 희순에게는 마음껏 말을 붙일 수 있어 좋았다. 내 눈에 희순은 더럽게 예쁜 여자였다. 양 볼에 보조개가 있는데 진짜 예뻤다. 보조개에 빠져 죽는다고 해도 행복할 것만 같았다. 체크무늬의 헐렁한 남방을 입고 씩씩하게 다니는 희순을 보는 것만으로 심장이 쿵쿵 뛰었다. 희순은 내 최고 취약 과목인 수학을 가르쳤다.

나는 희순한테 질문하기 위해 공부를 열심히 했다. 아무것도 모르고는 질문조차도 할 수 없었기 때문이었다. 공장에서 주위들은 이야기를 물어봐도 희순은 친절하게 대답해주었다. 쓰잘머리 없는 질문이라도 세상 좋은 미소로 대답해주는 희순 옆에 있으면 나도 모르게 가슴이 벅차올랐다. 사랑을 고백하고 싶다는 생각이 굴뚝같았으나 해맑은 희순의 얼굴을 보고 있으면 나도 모르게 포기하게 되었다. 나는 상상만으로 희순을 사랑했다. 상상 속에서 희순은 완벽하게도 내 여자였다.

*

"희순이 누나 보고 싶지 않아요?" 상우 형한테 내가 물었다.

"그걸 말이라고 하냐. 보고 싶지, 아주 많이 보고 싶지. 우리 들불 식구들은 모두 희순이가 보고 싶을 거야. 그곳에서 잘 있는지 모르겠다." 상우 형이 말했다.

"내일, 함께 보러 가요."

"그러자. 와우 뻐근하다. 한번 둘러볼까?" 상우 형이 몸을 일으켰다.

내가 먼저 복도로 나가 금남로를 살폈다. 기동타격대 트럭이 금남로를 쏜살같이 달려오는 게 보였다.

"기동타격대 트럭이 들어오고 있어요." 내가 말했다.

"그래? 어서 가보자."

상우 형과 나는 정문으로 내려갔다. 기동타격대 트럭 한 대가 정문에 막 도착했다. 조수석에서 6조 타격대장이 내렸다. 박 실장이 작전상황실에서 나와 그를 맞았다. 교련복 차림의 누군가가 흥분된 얼굴로 타격대장의 뒤를 따라왔다. 타격대장이 박 실장한테 보고를 하는 사이에 그가 나한테 말했다.

"농성동에서 월산동으로 계엄군이 넘어오고 있어. 직접 보니 무섭더라니까."

그의 말을 들으면서 그를 위아래로 훑어보았다. 코밑에 솜털이 있는 것으로 봐서 나이도 어린 녀석이 대뜸 반말이어서 기분이 상했다. '너 인마 몇 살이야?'라고 물어볼까 하다가 참았다. 교련복 차림이지만 고등학생은 아니고 그렇다고 대학생도 아닌 재수생이거나 대학을 안 간 축에 속한 친구 같았다. 그렇다면 봐줘야겠다고 나 혼자 생각했다.

"아, 씨바. 도망치고 싶은 생각이 들더라니까. 양동시장 지나 조금만 가면 이모 집이 있는데, 거기서 차에서 뛰어내리면 죽진 않을 것 같은 생각이 막 드는 거야. 근데 도망가는 것은 참 비겁한 일이니까. 사람이 비겁하면 안 되잖아?" 그가 물었다. 내가 고개를 끄덕였다.

"그래서 왔지 씨바. 한 번 죽지 두 번 죽냐!" 그가 큰 소리를 탕탕 쳤다.

그래, 남자라면 곧 죽어도 이런 맛이 있어야 한다. 물론 도청에 지금까지 남아 있는 여성들도 있다. 식당에서 일하는 여고생들도 제법 있고, 일신방직에 다니는 가톨릭노동청년회에서 나온 여성과 다른 공장에서 온 여성들, 방송을 전담한 전문대생, 요리를 책임진 서른 즈음의 자원봉사 아주머니들까지 합치면 열 명이 넘었다. 비록 총을 들진 않았지만 그 여성들도 목숨을 건 사람들이었다. 나는 일신방직에서 온 여공을 볼 때마다 잠깐씩 누나를 생각했다.

'누나, 잘 지내지? 잘 지내고 있어야 해.' 이런 쪽지라도 보내면 좋았을 것. 내일 아침에는 발산에 가서 누나한테 아침을 얻어 먹고 싶다. 누나는 꽈리고추멸

치볶음을 아주 잘했다. 갓 지은 밥에다 꽈리고추멸치볶음을 비벼 먹는 맛도 환상이다. 그 생각을 하니 입에 침이 고였다.

도청 전체에 비상 사이렌이 울렸다.

사이렌 소리는 밤하늘을 갈랐고 이어 마음을 갈가리 찢어놓았다. 간절히, 아주 간절히 울리지 않기를 바라던…… 소리였다. 사이렌 소리는 언제 들어도 불길하고 불안했다.

*

사이렌 소리에 도청 여기저기서 잠들어 있던 사람들이 깨어났다. 박 실장과 상우 형 그리고 현철 형이 재빠르게 상황을 통제했다.

"일단 도청에 남아 있는 여성들을 모두 내보냅시다. 박 실장과 현철 형, 나 이렇게 우리 셋이 조별 배치 상황을 점검하고 여성들은 애들한테 맡깁시다." 상우 형이 말하자 박 실장이 흔쾌히 동의했다.

"명수와 효균이, 병규와 수찬이는 도청 각 방을 살펴서 여성이 있으면 피신시켜. 너희들을 믿는다. 혹시라도 모르니 호위를 잘해야 돼. 남동성당하고 동명교회로 가. 통행금지에다 지금 이 시간에 밤길을 걷다 보면 무슨 변을 당할지 모르니." 상우 형이 당부했다. 수찬만 크게 대답했고 나머지 셋은 고개만 끄덕였다.

"책임은 수찬이가 맡아라." 상우 형의 말에 수찬이 거수경례로 대답했다.

"갑시다." 박 실장이 먼저 돌아서고 상우 형과 현철 형이 뒤를 따랐다.

"나랑 효균이는 본관으로 가고, 너희 둘은 별관으로 가. 우리 쪽 여성들은 남동성당으로 피신시킬 테니 너희들은 동명교회로 가. 어때?" 수찬이 지시하듯이 빠르게 말했다. 상황판단이 빨라서 좋았다.

남동성당이 조금 더 가까웠지만 동명교회도 그다지 멀진 않았다. 동명교회는 도청에서 북쪽 방향에 있고, 남동성당은 도청 동쪽 조선대학교 방향에 있다. 남동성당은 도경찰청을 통해 가면 비교적 안전했다.

수찬과 효균은 상황실에서 자던 여성 셋을 데리고 도경 쪽으로 빠졌다. 상황실은 생각보다 비좁아서 여성들이 쉬기에는 적당하지 않았다. 이 여성들은 내일 아침 식사 준비를 끝내놓고 자정 무렵에는 시민군 모두에게 밤참으로 빵과 우유를 나눠준 뒤 잠시 몸을 눕혔던 참이었다. 그중에는 효균과 이름을 주고받았다는 여고생도 있었다. 효균이 미소 지었다.

나와 병규는 별관 2층 회의실로 갔다. 회의실은 다른 곳보다 넓었고 매트리스도 몇 개 놓여 있어서 잠시 몸을 누이기에 딱 좋았다. 회의실에 올라갔더니 아니나 다를까 여덟 명의 여성들이 정신없이 자고 있었다. 나와 병규는 조심스럽게 여성들을 깨웠다. 여성들이 잠에서 깨 준비하려는 시간을 벌어주기 위해 몸을 돌려 유리창에 서서 동명교회 쪽을 바라보았다. 네온의 붉은빛 십자가가 어둠 속에서 또렷하게 보였다.

"누구냐?" 작은 목소리로 내가 물었다.

"뭐가?" 병규가 되물었다.

"너랑 사귀기로 했다는 여고생. 저기 쟤냐?" 내가 턱짓으로 단발머리 여고생 하나를 가리켰다.

"아니. 그 옆에." 병규가 눈짓으로 말했다.

"아……." 자그마한 키에 이목구비가 오밀조밀한 귀여운 친구였다. 미인은 아니었지만 귀이 있고 약간 통통한, 희순을 닮은 여고생이었다.

"이름이 미서야. 신기한 이름이지 않냐? 너한테만 말하는데 할아버지가 중이래." 병규가 말했다.

"와, 중이 자식을 낳아? 그거 안 되는 거 아냐?"

"결혼도 하고 자식을 낳는 중도 있어. 태고종이라던가 뭐 그런 절이 있어." 병규가 말했다.

병규와 내가 속삭이는 사이에 여덟 명의 여성이 떠날 준비를 마쳤다. 며칠 동안 제대로 잠을 못 잔 탓에 모두 피로한 얼굴들이었다. 미서라는 여고생이 남몰래 손짓으로 병규한테 신호를 보냈다.

"저기가 동명교회 맞지? 방향으로는 그런데." 내가 말했다.

"그런 거 같다." 병규가 대답했다.

"너는 대학생인데, 도청에 왜 남았어? 어제 저녁에 엄마가 데리러 왔을 때 못 이기는 체하고 미서랑 같이 가지 그랬어?" 내가 물었다.

"……."

병규는 대답하지 않았다. 대신 여성들에게 갈 준비가 되었냐고 물었다. 여성들이 준비가 끝났다고, 가도 된다고 대답했다.

"가자." 병규가 짧게 말했다.

병규가 앞에 여성들은 중간에 내가 맨 뒤에 섰다. 병규와 나는 총을 손에 쥐고 도청을 나섰다. 상무관 앞을 지나는데 모골이 송연했다. 지난 며칠 동안 하루에도 몇 번씩 들렀어도 괜찮았는데 무섬증이 들기는 처음이었다. 슬쩍 상무관을 쳐다보니 관들이 나란히 놓여 있고, 그 안에서 향냄새와 시체 썩는 냄새가 뒤섞여 한꺼번에 풍겨 왔다. 관을 지키는, 살아 있는 사람들도 상무관 안에서 앉아 있거나 움직이는 게 보였다. 삶과 죽음이 한 공간에 있다는 게 어색하고 무섭게 느껴졌다. 문득 연탄아궁이가 떠올랐다. 연탄의 파란 불꽃은 사람을 살리기도 했고 죽이기도 했다. 그 불꽃에 밥을 해 먹고 물을 데워 씻고, 난방을 하고 잠을 자며 삶을 꾸렸다. 그러나 방바닥에 작은 금이라도 가 있으면 그곳으로 연탄가스가 올라와 죽음으로 데리고 갔다. 연탄가스는 데리고 가는 사람들의 나이를 따지지 않았다. 나이 많은 순서대로 데리고 가는 것이 아니라 걸리기만 하면 갓 태어난 아이라도 마구잡이로 데리고 갔다. 이 도시에 들어온 공수부대는 죽음의 연탄가스처럼 굴었다.

작은 교차로라도 나타나면 내가 먼저 가서 주변을

살폈다. 혹시라도 계엄군이 매복하고 있으면 떼죽음당하기 십상이었다. 교회로 가는 길은 생각보다 멀었다. 큰길을 따라가면 가까웠을 테지만 여덟 명의 여성을 데리고 가는 길이라 되도록 주택가 골목을 돌고 돌았다. 그들을 무사히 교회로 들여보내는 게 나와 병규의 임무였다. 어느 골목의 쓰레기통에서 아기 고양이 한 마리가 불쑥 나왔다.

"헉! 고, 고양이." 나도 모르게 걸음을 멈추고 벌벌 떨었다.

"뭐야?" 병규가 뛰어와 물었다.

"고, 고양이라고." 내가 말했다.

"고양이가 뭐 어때서? 이거 새끼 고양이네." 병규가 고양이를 보며 말했다.

"고양이 멀리 보내. 나 고, 고양이 무서워. 못 가." 내가 간신히 말했다.

"야, 세상에. 저리 가!" 병규가 고양이를 쫓았다.

고양이는 쓰레기통의 대문 아래 틈새로 사라졌다. 그제야 발걸음을 뗄 수 있었다. 병규가 나를 놀려먹었다. 함께 가던 여성들도 입을 막고 웃었다.

"공수가 무섭냐, 고양이가 무섭냐?" 병규가 물었다.

"놀리지 마, 우씨." 내가 꿀밤을 먹이려 들자 병규가
피했다.

참 이상한 일이었다. 아무리 맹견이라도 무섭지 않
은데 고양이라면 갓 태어난 새끼도 무서웠다. 고양이
를 만나면 그 앞을 지나지 못하고, 고양이가 먼저 지나
갈 때까지 기다리거나 멀찍이 떨어져 돌이나 막대기를
던져 쫓은 뒤에야 발걸음을 옮길 수 있었다. 이것은 나
도 어쩔 수 없는 일이었다. 그것으로 희순에게 놀림도
많이 받았다. 광천시민아파트에는 유난히도 고양이가
많았다.

병규는 다른 여성들 몰래 미서의 손을 잡기도 하며
걸었다. 저 두 사람한테는 이 밤이 얼마나 아름다울
까……. 하늘엔 북두칠성과 오리온자리의 별들이 반짝
이고 있는 밤이었다. 나는 북두칠성 두 번째 별을 찾아
보았다. 그때 희순의 별이 아주 먼 하늘에서 검은 구름
속으로 들어갔다. 이어 북두칠성 모두가 빨려 들어갔
고 오래지 않아 북극성도 보이질 않았다. 자정 무렵에
만 해도 맑은 구름이 가득한 밤하늘이었다. 깊고 푸른
밤이었는데 지금은 검은 구름이 빠른 속도로 몰려오
고 있다. 하늘을 살피며 걷는데 동명교회의 높은 탑이

불쑥 나타났다. 동명교회 예배당으로 여성들을 데리고 들어갔다.

"여기에 있다가 날이 밝으면 집으로 가세요. 밤에 절대 움직이지 마세요." 병규가 신신당부했다.

"두 사람도 우리랑 같이 여기 있다가 아침에 집으로 가요. 지금 도청으로 가면……." 식당에서 국을 끓이고 반찬을 만들던 제일 나이 많은 여성이 내 손을 잡고 말했다.

"그래요. 젊은데, 우리랑 여기에 있어요." 옆에 있는 밥 담당 여성이 말했다. 반찬 담당 여성에게 잡힌 손을 돌려 뺐다.

"오빠. 오늘 밤은 여기서 지내고 날이 밝으면 도청으로 가세요."

미서가 병규에게 도청으로 가지 말라고 애원하다시피 말했다. 나도 그러고 싶었다. 도청으로 돌아가지 않고 교회의 긴 의자에 누워 쉬고 싶었다. 하지만 도청에는 상우 형을 비롯해 현철 형 등등 들불의 식구들이 남아 있었다.

"괜찮아요. 내일 아침에는 집에 가서 밥을 먹기로 엄마와 약속했어요. 이제 몇 시간 안 남았는데요 뭐. 말은 고맙지만 우리는 도청으로 돌아갈게요. 그럼 몸조심하세요. 기도해주시고요."병규가 상냥하게 말하고 돌아섰다.

"그럼, 쉬었다 가세요." 나도 인사하고 돌아섰다.

"이따 저녁에 충장로 우체국 앞에서 봐." 병규가 미서에게 말했다.

미서가 고개를 끄덕였다. 병규를 보는 미서의 눈에는 안타까움이 가득 담겨 있었다.

돌아가는 길은 올 때보다 조금 빨랐다. 나와 병규는 주변을 감시하면서도 빠른 걸음으로 걸었다. 달리기를 하는 것처럼 숨이 거칠었다. 어떤 두려움이 우리를 감쌌다. 병규는 이제 갓 스물을 넘겼고, 나도 만으로 스물이었다. 나는 겁에 질려, 월하의 공동묘지를 걷는 기분으로, 꼬리 아홉 달린 여우를 따돌리는 느낌으로 급하게 걸었다. 도청에 도착해서야 숨통을 열었다. 병규는 투덜거리며 나를 따라 뛰었다.

"이제 오냐? 좀 늦었네. 걱정했다 야. 내가 교회로 갈 것을 하며 후회도 했고." 정문에서 수찬이 말했다.

"괜찮아. 무사히 다녀왔어." 내가 대답했다.

"몇 시쯤 되었을까?" 병규가 물었다.

"2시 반. 지금 상황실에서는 회의가 한창이야." 손목시계를 보며 수찬이 말했다.

"그래? 상황실로 가봐야겠네."

내가 상황실로 올라가자 정문 보초인 수찬만 빼고 병규와 효균이 뒤를 따랐다.

상황실에 도착하니 투쟁위원회 간부들이 모두 굳은 표정으로 앉아 회의를 하고 있다. 나는 얼른 상우 형을 찾았다. 팔짱을 끼고 생각에 잠긴 상우 형이 나를 보더니 손을 슬쩍 올렸다가 내렸다. 나는 손가락으로 동그라미를 만들어 무사히 임무를 완성했다는 신호를 보냈다. 상우 형이 고개를 끄덕였다.

"현재 시각 27일 새벽 2시 40분. 공수부대와 계엄군이 다시 살육 작전을 개시하였습니다. 현재 놈들은 상무대 병력, 교육사령부 병력, 31사단 병력으로 시 외곽을 완전히 차단하고 도시를 봉쇄했습니다. 계엄군이 나타났다는 무전이 빗발치고 있는 것으로 보아서 세 개 공수여단과 20사단을 앞세워 쳐들어오기 시작한 것 같습니다. 놈들은 탱크와 장갑차, 헬기까지 중무장한 상태입니다. 제1전투비행단까지 합세한 놈들의 총병력은 약 이만여 명 정도로 추산됩니다. 반면에 우리 시민군은 불과 오륙백 명 정도밖에 안 됩니다." 박 실장의 목소리는 의외로 차분했다.

"으음……."

누군가가 짧게 신음을 내뱉었다.

"우리가 지금 결정을 내려야만 할 사항은 이겁니다. 우리보다 월등한 중화기로 무장하고, 우리 시민군보다 사십 배가 많은 병력을 상대하여 끝까지 맞서 싸울 것인가? 아니면 무기를 놓고 도청을 비워줘야 하는가를 결정하는 것입니다. 먼저 저의 의견을 말씀드리자면, 나는 끝까지 싸우겠습니다. 이 도시의 시민들이 군부의 거대한 군사적 폭력에도 굴하지 아니하고 끝까지 항쟁했다는 사실. 이 사실 하나만 갖고 가겠습니다."

침묵이 무겁게 흘렀다. 벽시계의 초침만 째깍거리며 돌고 돌았다. 이 침묵 속에는 계엄군이 작전을 펼치지 않기를 바라는 마음이 담겨 있기도 했다. 발언할 자격이 없었지만 나도 침묵에 동의했다. 하지만 온다면, 피하진 않을 작정이었다. 오지 않는다고 해서 도청을 떠날 생각도 없었다. 다만 오지 않기를 바랄 뿐이었다. 그것은 상우 형도 같은 생각일 것이라고 나는 짐작했다. 병규가 살그머니 내 옆으로 왔다.

"나 아까 미서한테…… 편지 받았어." 병규의 목소리에 작은 흥분과 자랑이 담겨 있었다. 나도 들불 식구들한테 희순을 사랑한다고 얼마나 자랑하고 싶었던가. 병규가 부러웠다.

"니들, 그사이 연애를 했냐? 대단하다." 내가 말했다.

"읽어볼래?" 병규가 딱지처럼 접은 편지를 내밀었다.

"오호!" 나는 병규가 내민 편지를 천천히 펼쳤다. 상황실에서는 엄숙하면서도 불안한 목소리로 회의가 한창인데, 나는 다른 사람의 연애편지를 읽었다.

'오빠. 오늘 저녁 6시에 충장로우체국 앞에서 만나요. 오빠 생일이잖아요. 꼭 와야 해요, 꼭. 미서가.'

편지가 아니라 쪽지였다.

"오늘이 네 생일이냐?"

"응."

"아까 집에 가지 그랬어?"

"왜 여기에 남았는지 나도 몰라. 뭐랄까 떠나면 안 될 것 같아서…… 그랬어. 무섭고 무서운데…… 내가 여기를 떠나면…… 평생 미안할 것 같아서. 적어도 오늘 밤은 여기를 떠나지 않을 거야. 내일 아침은 집에서

먹기로 엄마와 약속했으니, 아침에는 가야지. 엄마가
내가 젤 좋아하는 미역국 끓여놓는다고 했어. 저녁에
는 미서 만나야지. 여고생이라 빵집 가야 하나?" 병규
가 말했다.

나도 모르게 콧등이 찡하니 울려왔다. 편지를 돌려
주고 병규의 손을 잡았다. 도청에 들어와서 내가 먼저
손을 잡아본 사람은 병규가 처음이었다. 악수가 아니
라 어떤 약속 같은 의미를 담아 손을 잡은 것이었다.
그 의미를 병규도 알고 있다고 나는 짐작했다.

"어제처럼 말만 하는 게 아니고 정말로 공격해 올까
요?" 질문이 나왔다. 박 실장이 고개를 끄덕였다.

"놈들이 제시한 12시가 벌써 넘어갔는데, 과연 무력
진압을 할까요?" 비슷한 질문이 또 나왔다.

"네, 그럴 겁니다." 상우 형이 대답했다. "이제 모든
것이 명확하니 상황실장님 말대로 결정을 내립시다."

나는 밤늦게 도청으로 돌아온 이종석 변호사를 쳐다
보았다. 이 변호사 바로 뒤에는 효균이 경호원처럼 서
있었다. 이 변호사는 눈을 감고 어떤 표정의 변화도 보
이지 않았는데 가끔 눈꺼풀을 파르르 떨었다.

"내가 한마디 합시다." 순찰반장이 번쩍 손을 들었

다. "결정은 무슨 놈의 결정! 죽든지 살든지 끝까지 싸웁시다. 놈들이 무서운 사람은 모두 돌아가! 돌아가라고! 나는 끝까지 남아 내 동생의 원수를 갚을 테니까!" 그의 목소리는 높았다.

상우 형이 알려주기로는 고등학교에 다니는 그의 동생이 도청 앞에서 공수부대의 무차별 사격에 그만 희생되었다고 했다. 그 뒤로 그는 도청에 들어와 총을 잡았다. 나는 개인적 원한 관계 때문에 총을 든 사람이 아니다. 내가 총을 들고 도청에 들어와 있는 것은 상우 형을 지키라는 희순의 부탁 때문이다. 그 부탁이 아니더라도, 들불 식구들이 여기에 있다. 그것이 내가 도청에 있는 이유다. 상우 형이 손을 들었다.

"백기를 들고 계엄군을 맞이하는 것과 피에 젖은 깃발을 들고 계엄군을 맞이하는 것에는 엄청난 차이가 있습니다. 광주 사람들은 오늘 밤, 잠들지 못하고 도청을 향해 안테나를 높이 세우고 있을 것입니다. 시민들은 간절히 우리를 응원하고 있습니다. 시민들은 우리의 희생을 원하지는 않으나 광주가 백기를 들고 계엄군을 맞이하는 것도 원하지 않을 것입니다. 지난 5월 25일에 배포된 유인물 《80만 광주시민의 결의》가 여기에 있습니다." 상우 형이 주머니에서 그날의 유인물을 꺼내 흔들었다.

"여기에는 매우 중요한 두 개의 결의가 있습니다. 하나는 구속 중인 민주인사를 즉시 석방하고 민주인사들로 구성된 구국과도정부를 수립하라는 것이고, 또 하나는 단지 피해보상과 연행자 석방만이 아니라 진정한 민주정부를 수립하라는 것입니다. 그리고 또 지난 5월 16일 횃불대행진에서 했던 전남대 총학생회장 박관훈의 연설을 기억할 것입니다. 명수야, 그날 적어둔 것 갖고 있지?" 상우 형이 내게 물었다.

"네." 나는 앞으로 나갔다. 사실은 아까 대변인실에서 상우 형이 미리 쪽지를 내게 줬었다. 나는 주머니에서 쪽지를 꺼내 상우 형에게 건네줬다. 상우 형이 쪽지를 받아 폈다.

"읽어봐도 되겠습니까?" 상우 형이 간부들을 향해 물었다.

"읽어보시오." "들어봅시다." 여기저기서 동의하는 말이 나왔다.

"네, 감사합니다. 제가 전남대학교 총학생회장 박관훈이올시다. 이 우레와 같은 박수와 함성이 전 국토와

민족에게 다 들릴 수 있도록 다시 한번 큰소리로 외쳐
봅시다. 횃불대행진을 하는 것은 이 나라 민주주의의
꽃을 피우고, 이 횃불과 같은 열기를 우리 가슴속에 간
직하면서 우리 민족의 함성을 수습하여 남북통일을 이
룩하자는 뜻이며……"

남북통일에서 상우 형이 읽기를 멈췄다. 상황실이
침묵에 휩싸였다. 긍정도 부정도 아닌 이상한 느낌의
침묵이었다. 상우 형이 읽은 유인물과 연설은 우리가
도청에 있는 이유를 추상적으로 정리한 것 같았다. '사
람은 추상에 목숨을 걸기도 해.' 희순이 내게 했던 말
이다. 그렇다면 상우 형은 구국과도정부, 민주주의 쟁
취, 남북통일이라는 추상에 목숨을 걸었단 말인가…….
나는 상우 형이 갖고 있는 그런 추상을 가져본 적이 없
었다. 나와는 너무 먼 추상이고 관념이었다.

"옳소!" 현철 형이 손뼉을 치며 응원을 보냈다. 현철
형도 추상을 가진 사람이다. 서울에서 대학을 나오고
청계천에서 일을 하다가 고향인 광주로 내려와 들불에
서 강학을 하고 있다. 밤에는 강학을 하고 낮에는 손수
레에 과일을 싣고 다니며 팔거나 막노동 등을 하며 사
는 사람이다.

"우리는 패배할 것이나 패배하지 않을 것이고, 승리하지 못할 것이나 승리하게 될 것입니다. 만일 오늘 밤의 이 싸움을 피하면 우리는 영원히 패배하게 될 것입니다. 비록 이 싸움에서 패배하게 될 지라도 우리는 끝내 승리하게 될 것이고요. 그래서 나는 오늘 밤, 내 손에서 총을 놓지 않을 것입니다."

피리 부는 소년이 말했다. 이종석 변호사가 손수건으로 눈물이 흐르는 눈자위를 꾹꾹 눌렀다. 내 코끝이 찡하게 울렸다.

"대변인 형, 참 깊어. 깊이가 있어." 병규가 상우 형을 향해 엄지를 치켜들었다.

상우 형이 발언을 끝내고 물러서자 박 실장이 앞으로 나섰다. 간부들의 눈길이 모두 박 실장의 입으로 향했다.

"작전상황실로 내려가 준비합시다." 박 실장이 짧게 말했다.

현철 형, 상우 형이 박 실장의 뒤를 따라 1층으로 내려갔다. 하늘은 이제 완전히 검었다. 깊고 푸른 밤이 아니라 별도 달도 모두 사라진 칠흑의 밤이 되었다. 작전상황실에 도착하자 박 실장이 병력배치도를 책상 위에 펼쳤다. 손으로 그린 광주 시내의 지도였다.

"Y에서 온 병력을 계엄군의 주 진입로가 될 학동과 유동삼거리, 광주고에 배치하는 게 어떨까 싶어요? 이 병력은 군대 경험이 있는 예비군들로 구성되어 있으니 전투도 가능할 것 같고." 박 실장이 상우 형한테 물었다.

상우 형은 짧게 대답했다. 박 실장은 공원에 있는 병력을 백운동으로 이동하여 배치했고, 도청은 경비를 서고 있는 시민군과 민원부서의 시민들을 무장시켜 배치하기로 했다. 기동타격대와 순찰반은 상황에 따라 지역을 이동하는 것으로 운용하기로 했다. 이미 전대병원과 전일빌딩, 도청 민원실 옥상에 LMG와 캘리버 50 기관총을 설치했다고 했다.

"이만의 정규군 병력과 오백의 시민군이라⋯⋯." 현철 형이 혼잣말을 하며 상우 형을 쳐다보았다. 상우 형이 싱긋 웃었다.

*

그때, 지원군이 YMCA에서 도청으로 뛰어오는 게

보였다. 이백여 명의 지원자가 십여 명씩 분대를 편성하여 YMCA에서 대기하고 있다가 비상이 발령되자 이동하기 시작했다. 그들은 초저녁에 배치된 지역으로 나가지 않고 도청으로 오고 있었다. 그 이유를 나로서는 알 수 없었다. YMCA에서 도청까지는 200미터 정도 되는데, 지원군이 줄을 지어 구보를 하자 외신기자들이 카메라플래시를 터트리며 쫓아왔다. 카메라플래시가 터질 때마다 구보 행렬과 전일빌딩이 반짝 불빛에 나타났다가 사라지곤 했다.

그들이 도착하자 정문 옆 수위실에서 상우 형과 현철 형이 카빈소총을, 수찬과 부실장이 실탄 세 발의 탄창을 지급했다. 내가 생각하기에도 실탄 세 발은 너무 초라했다. 계엄군은 탱크와 무장 헬리콥터를 타고 올 터인데, 우리는 고작 카빈소총에다 실탄 세 발이라니. 정말이지 새 발의 피였다. 그러나 누구도 불평하지 않았다. 오히려 사기는 드높았다. 참으로 이상한 시민의 군대였다. 무기 지급이 끝나자 박 실장은 병력배치도를 들고 나와 금남로 방향의 경계 지역 초소마다 그들을 배치했다. 초소와 초소의 거리는 대략 스무 걸음 정도였다. 나도 아까 상우 형을 따라 가보았던 초소들이었다. 사실은 초소랄 것도 없는 임시적인 가설물에 불과했다. 시민군이 도청에 들어와 만들었는데, 시멘트블록을 쌓아 1.5미터 정도의 높이에다 한 평 정도의 넓이로 만든 것이었다. 블록 한 장 크기의 경계 구멍을 네 개 뚫어놓아 거기에 총을 거치할 수 있도록 했다. 정문에서 오른쪽 두 번째 초소에서 보면, 도청 광장 건너편 수협 전남도지부 건물과 충장로 1가 입구가 한눈에 들어왔다. 그쪽으로 계엄군이 오는 것을 막아내는 초소였다. 시민군들은 구멍에 총을 거치해놓고 한 명씩 교대로 전방을 경계했다.

상우 형이 나를 YWCA로 보내 상황을 파악하고 피신할 수 있으면 최대한 피신하라고 지시했다. 상우 형은 도청에 있으면서도 YWCA의 식구들을 걱정했다. 물론 도청이 거기보다 안전한 곳은 결코 아니었다. 나는 전일빌딩 뒷길로 갔다. 가는 도중에 여러 마리의 고양이를 만나 경기를 일으킬 지경이었다. 쓰레기를 뒤지던 고양이들이 먹이를 다 먹고 떠날 때까지 기다릴 수가 없었다. 어떻게 해서든 고양이 옆을 지나 YWCA로 가야만 했다. 숨이 막히고 다리가 후들후들 떨렸으며 이마에 진땀이 맺혔다. 고양이 때문에 내가 비상 상태가 된 셈이었다.

간신히 YWCA에 도착하자 이미 비상이 걸린 상태였다. 굳이 내가 사람들을 깨울 필요도 없었다. 각 방에서 나눠서 잠을 자던 사람들이 놀라 깨어 거실로 몰려나온 뒤였다. 궐기대회와 《투사회보》를 담당한 극단 광대와 들불, 송백회 회원들과 대학생 몇 명, 양서조합 회원 고등학생들 등 대략 오십여 명이나 되는 사람들이 우왕좌왕하다가 나를 보더니 무척 반가워했다. 나는 용호 형과 영준 형 사이에 섰다. 내가 직접 지시를 전달할 수도 있었으나 많은 사람 앞에 서려니 좀 쑥스러웠다. 용호 형과 영준 형은 총명한 사람들이라 충분히 사람들을 제어할 수 있다고 믿고 그들에게 상우 형의 말을 전했다.

"곧 계엄군이 진입할 것이라고 합니다." 용호 형이 말했다.

불안과 공포가 거실에 퍼졌다. 반자동 등사기 두 대와 수동 등사기 두 대가 거실 한복판에서 잉크 냄새를 풍기고 있다. 그 옆에 원판과 두 개의 철필이 얌전하게 놓여 있다. 철필과 원판이 반듯하게 놓여 있는 것을 보니 영준 형의 심성을 알 수 있을 것 같았다. 여기저기서 각자 한마디씩을 하는 듯 웅성거리는 소리가 점점 커졌다. 용호 형이 거실 가운데로 나섰다.

"모두 주목!" 용호 형이 외쳤다.

용호 형은 대학 3학년이었다. 군대를 다녀온 복학생도 있었지만 상우 형이 없는 상태에서는 리더를 해야만 했다. 모두가 용호 형을 쳐다보았다.

"이렇게 합시다……. 궐기대회 사회를 본 두 분은 얼굴이 널리 알려졌으니 지금 당장 여기에서 나가 즉시 피신하기 바랍니다. 본인들의 집이나 친척 집은 되도록 피해야 합니다. 멀리 가기 바랍니다. 나명환과 유순철이 담을 넘도록 도와줘. 두 분 먼저 지금 가세요." 용호 형이 말하자마자 명환이 벌떡 일어났다.

어린 친구라 그런지 몸이 빨랐다. 두 사람이 궐기대회 사회자들을 데리고 거실에서 나갔다. 용호 형이 송백회를 비롯한 모든 여성들은 당장 떠날 준비를 하라고 말했다. 여성들은 각자 흩어졌다. 함께 생활해봤더니 여성들은 자잘한 짐이 꽤 많았다. 기초화장품은 기본이었고, 세수할 때 쓰는 머릿수건을 가져온 사람도 있었다. 어떤 누나는 세수로만 한 시간을 잡아먹기도

해서 원망을 많이 받기도 했다. 오래 몸에 익은 습관이라 아무리 불평을 쏟아내도 고쳐지지 않아 기어이는 맨 나중에 세수를 하라고 했다. 여성들이 자기 짐을 챙긴 가방을 들고 거실로 모였다. 남자들이 모두 밖으로 나가 여성들이 뒷담을 넘어가도록 도왔다. 송백회의 누님 한 분이 마지막으로 담을 넘었다. 남자들은 다시 거실에 모였다.

나는 남은 사람들을 살폈다. 들불의 용호 형과 영준 형, 나명환과 유순철, 조순임과 김상섭, 신병호와 내가 남았다. 고등학생인 김효석, 김양현 등도 남았고, 복학생 정연효를 비롯한 대학생들 다섯 등 모두 서른 명 정도가 남았다. 용호 형이 고등학생한테는 당장 떠나라고 말했다. 그러나 그들은 거절했다. 남아서 싸우겠다고 했다. 복학생인 정연효가 대학생들에게 총을 지급하려고 건물 밖으로 나가 경계 위치를 정해 배치했다. 총이 절대적으로 부족했다. 사람은 서른인데 총이 열정 뿐이었다.

"어떻게 할까?" 용호 형이 영준 형을 보고 물었다.

"뭘 어떻게 해요? 도청에 가서 가져와야지." 영준 형이 명쾌하게 대답했다.

"자 그러면, 누가 간다?" 용호 형이 말끝을 흐렸다.

"들불." 내가 짧게 말했다. 들불 식구들이 제일 많으니 아무래도 함께 움직이는 게 편할 것 같아서였다.

"영준아, 네가 들불 식구들 데리고 가서 총 가져와."

"네. 나명환 준비해!" 영준 형이 말했다.

들불 식구들이 모두 나서니 나를 빼고 딱 열 명이었다. 나는 들불 식구들을 안내해서 도청으로 돌아갔다. 도청에 가니 상우 형이 무기고 앞에 서 있다가 들불 식구들을 보고 깜짝 놀랐다. 들불 식구들은 대부분 어린 노동자들이었다. 나명환만 해도 이제 열여덟 살에 불과했는데 그 또래들이 제일 많았다.

"야, 너희들 총 사용할 수 있어? 쏴보기는 했어?" 상우 형이 물었다.

"방아쇠를 당기면 총알이 나가는 거 아닙니까?" 명환이 당돌하게 대꾸했다.

"나는 명환이 네가 제일 걱정이다." 상우 형이 웃으며 말했다. "너희들까지 총을 쏘게 해서는 안 되는데……" 상우 형은 머뭇거렸다.

"시간 없으니, 빨리 총을 줘요. 총을 줘야 돌아가지." 영준 형이 재촉했다.

상우 형은 쉽게 결심하지 못했다. 제자들에게 총을 쥐어주고 계엄군과 싸우라고 내세우기가 쉬운 노릇은 아니었다. 잠시 후 상우 형이 결심한 듯 열 명을 두 줄로 세웠다.

"앉아!" 상우 형이 명령했다. 들불 식구들은 어리둥절한 표정을 짓기만 할 뿐 얼른 앉지 않았다.

"앉아!" 상우 형이 목소리를 높이자 그제야 일제히 앉았다.

"일어서!" 명령에 들불 식구들이 일사불란하게 움직였다.

상우 형은 '앉아 일어서'를 수십 회 반복하였다. 들불 식구들도 반복되는 구호를 따라 진지하게 앉아 일어서를 했다. 모두 표정이 굳어 긴장한 모습들이었다. 죽음이 가까이 와 있는데도 물러서지 않고 죽음을 맞이하러 온 사람들이라 그런지 숨소리 하나 내지 않고 앉았다 일어서기를 반복했다. 몸에서 열이 나고 머리에서 흐른 땀이 이마로 흘러내릴 즈음 상우 형은 한 사람에 두 자루씩 소총을 나눠주었다. 영준 형이 식구들을 데리고 YWCA로 돌아갔다.

"계엄군에서 발포하기 전에는 어떠한 경우에도 먼저

사격하지 마시오. 사격은 반드시 상황실장의 통제에 따를 것!"

박 실장은 도청 주위에 시민군이 배치된 곳마다 돌아다니며 사격 통제에 대해 지시하였다. 기동타격대로부터 상황이 점점 나빠지고 있다는 보고가 계속 들어왔다. 박 실장과 상우 형은 도청을 나가 분수대에 섰다. 두 사람은 침묵 속에서 금남로와 충장로를 바라보았다. 나는 두 사람 뒤에 서서 그들의 침묵을 이해하려고 했다. 십여 분이나 지났을까 박 실장이 무겁게 한마디를 던졌다.

"놈들이 오고 있소."

"여기서 놈들을 기다려야지요." 상우 형이 박 실장의 말을 받았다.

놈들이 온다.

'오지 말아라. 하지만 온다면 피하진 않겠다.' 이것이 솔직한 마음이었다. 이 마음은 지금 도청에 있는 시민군 모두의 속마음일 수도 있었다. 그러나 '오너라, 얼마든지.' 이 마음을 가진 사람도 꽤 있었다. 수찬도 그렇고 회의실에서 울부짖으며 발언한 순찰반장도 그런 사람 중의 하나였다. 박 실장의 표정이 점점 어두워졌다. 계엄군이 속속들이 시 외곽에서 모습을 드러내자 외곽 순찰이 무의미해졌다.

"상황실로 갑시다." 박 실장이 상우 형과 함께 작전 상황실로 들어갔다. 상황실에 도착하자마자 박 실장은 무전기 음량을 키우며 마이크를 잡았다.

"여기는 상황실, 여기는 상황실! 기동타격대와 순찰대 전 대원은 들어라. 전 대원은 들어라! 순찰을 중단하고 본부로 긴급 복귀 바람. 본부로 긴급 복귀 바람!"

반복해서 무전으로 명령을 내리자 여기저기에서 '알았다'는 회신이 들어왔다. 오래지 않아 기동타격대장 윤석우가 도청에 도착했다. 박 실장이 윤 대장을 맞이했다. 박 실장은 윤 대장과 이재수 부대장에게 기동타격대원들을 도청 주위에 어떻게 배치할 것인가를 논의했다. 윤석우의 무전에 따라 속속들이 기동타격대가 도청으로 들어왔다. 금남로가 한순간 소란스러웠다.

9. _____ 새벽 3시

발산에서 누나랑 같이 살 때, 맨바닥에 누워 잠을 잘 때면 가끔 방바닥으로 먼 곳에서 기차 달리는 진동이 미세하게 느껴지곤 했다. 철로와 철로를 이어주는 그 작은 균열을 건너가는, 덜커덩덜커덩하는 소리가 규칙적으로 들려오는 것이었다. 기차 소리가 아닐 수도 있지만 왜 그랬는지 몰라도 나는 기차가 극락강 철교를 건너고 있을 것이라고 상상했었다. 극락강 철교라는 근거가 있는 것도 아니었다. 그냥 내 상상이었을 뿐이었다.

그때 기억이 떠올라서 도청 2층 복도에 엎드려 바닥에 귀를 붙였다. 병규가 무슨 미친 짓이냐며 비웃자 효균도 덩달아 웃었다. 아주 멀리에서 땅이 울리는 소리, 지축이 가늘게 떨리는 소리, 캐터필러가 규칙적으로 구르는 소리 같은, 그런 소리가 귀로 전해졌다. 소름이 확 끼쳤다.

"탱크다." 바닥에서 일어서며 내가 말했다.

"에이 무슨 탱크?" 병규가 말했다.

"탱크, 오라지 뭐." 2층 복도로 자리를 옮긴 수찬이 말했다.

"너도 바닥에다 귀를 붙여봐. 탱크 오는 느낌이 확 온다니까."

"진짜야?" 병규가 되물었다.

"아, 새끼. 한번 해보면 되지, 뭘 자꾸 물어봐." 짜증이 확 났다.

"야야, 친구들끼리 무슨 화를 내? 병규 너는 명수가 '탱크다'라고 그러면 탱크라고 생각하면 되는 거고. 어차피 탱크는 올 거니까. 늦나 빠르나 그 차이만 있는 거 아냐?" 효균이 말했다.

"화염병을 몇 개 만들어야 하는데, 소주 됫병짜리로 만든 화염병. 옛날 영화에서 보니 화염병을 탱크에다 던지니까 불이 붙고 결국 못가고 그 안에 군인들이 손을 들고 나오더만. 야, 우리도 화염병 만들자." 수찬이 말했다.

"소주 됫병짜리가 어디 있냐? 도청에는 사이다나 콜라병은 있어도 소주병은 없어." 병규가 이기죽거렸다.

"쩝, 아 이대로 깨 팔러 가는 것인가?" 수찬이 말했다.

"콩 팔러도 가고." 효균이 맞장구를 쳤다.

깨 팔러 가다. 이 말은 어머니가 자주 하던 말이었다. 탱크가 도청에 도착하기까지 얼마나 걸릴까? 한 시간? 그 정도면 충분할 것이다. 나는 금남로를 가득 채운 탱크의 행렬을 상상했다. 탱크 뒤를 따르는 아시아자동차 공장에서 생산된 장갑차들까지. 이제 깨 팔러 갈 시간도 얼마 남지 않았다. 슬프진 않았지만 아쉬움이 많은 이십 년의 생애였다. 상우 형은 현철 형과 함께 무기고에서 총을 나눠주고 있었다. 몰려온 사람들이 많아서 그런지 시간이 꽤 걸렸다. 나는 정문 무기고 옆으로 가서 상우 형이 총을 나눠주는 모습을 무심히 바라보았다.

*

나는 들불에 와서 슬픔을 알았다.

'앎'은 기쁜 것만이 아니다. 어떠한 모순 속의 불순물을 알면서 그 불순물을 제거하지 못한다는 나 자신의 무력감을 알았을 때 심히 괴로운 것이다. 옳다는 것을 알면서 과감히 행동하지 못한, 용기 없는 나를 얼마나 비관했는가!

하지만 인생은 비관하는 것만이, 포기하는 것만이 전부가 아닌 것 같다. 어둠 속의 한 가닥 희망의 빛줄기를 잡고 맹목적일망정 전진하는 것이다. 그런 과정에서 나는 열심히 노력할 것이다. 들불은 지식인과의 인간적인 만남이다. 배움의 욕망을 간직한 채 들불에 왔다. 현 사회의 학력의 불공평함을 느끼고 나도 배워서 남들이 말하는 검정고시를 보려고 왔다. 하지만 지금은 배움의 욕망보다 배움의 필요성을 알았다.

야학 학생인 조순임이 이 글을 발표했을 때 나는 무척이나 놀랐다. 나와는 수준이 다른 차원의 글이었다. 이 글에 대해 신일영 강학이 대답을 해주었다.

피곤한 일과 속에서도 밝은 웃음을 잃지 않는 학생들과 대하면서 시간 가는 줄 모르는 기쁨이 있었다. 그들 생활의 생생한 체험 속에서 나는 응어리진 슬픔과 부대끼면서 우리가 꼭 부여잡고 아까워했던 모든 것들을 버려야 했었다. 허영과 위선에 가득 찬 환상의 껍데

*기들을! 무엇보다도 생생한 현실 속에서 살아가는 그
들과 공부하면서 진정한 우리와 진정한 우리 것을 발
견할 수 있었다. 그들에 감사한다.*

　이런 것을 일러 영혼의 교류라고 희순이 말했다. 나
도 이런 교류를 하고 싶었지만 결정적으로 배움이 부
족했다. 사실 나는 희순보다는 조순임을 만나야 했다.
공돌이와 공순이의 만남, 얼마나 어울리는 한 쌍인가.
그러나 운명은 비극을 좋아하는지 우리 둘 다 서로를
좋아하지 않았다.

　조순임은 광천시민아파트에 월세를 살고 있다. 야학
소개 시간에 들은 바로는 밑으로 동생이 넷이나 되어
중학교에 갈 수가 없었다고 했다. 국민학교 6학년 겨울
방학 때부터 제과 공장에서 일을 하는 소녀가장이 되
어야 했다. 방학이 끝났으나 학교에 갈 수 없었다. 일
이 너무 고되었다. 바늘구멍처럼 작은 구멍이 뚫린 비
스킷을 만들었는데 반장이나 조장이 너무 괴롭히는 바
람에 반죽에 침을 뱉고 싶은 적이 한두 번이 아니었다.
하지만 사람이 먹는 과자라 그럴 수는 없었다. 우등상
받을 실력이지만 방학이 끝나고도 학교에 가지 못했더

니 선생님은 그 상을 다른 학생에게 줘버렸다. 선생님을 원망하며 졸업식에 가지 않았다.

제과 공장을 그만두고 월급을 조금 더 준다는 전남 콘덴사로 옮겨 납땜인두를 잡았다. 미친 듯이 일을 해서 일 년 반 만에 조장이 된 어느 날 전봇대에 붙은 안내지에서 들불을 알게 되었다. 조장의 직책을 맡고 있었지만 자신도 모르게 들불의 문을 두드렸다. 조장은 조원들의 잔업을 관리해야 했다. 물론 조원들의 잔업뿐만 아니라 하루의 작업량 전체를 관리하고 감독하는 작은 직책에 불과했다. 그렇다고 본인에게 부과된 작업량이 없는 것도 아니었다. 어쩌면 다른 조원보다 작업량이 늘어났다고 할 수 있다. 그래서 시간이 없어 늘 절절매며 공장을 다녔다.

순임은 들불야학에 개설된 수업에 모두 참석할 수가 없었다. 지각을 밥 먹듯이 했고 또 그만큼 결석도 많았다. 그런데 국사 과목만큼은 절대 빠지지 않았다. 키가 큰 신일영 강학은 늘 짧은 트렌치코트를 멋지게 입었다. 그는 옷에 분필 가루가 하얗게 내려앉아도 개의치 않고 칠판 가득 판서를 하며 열강했다. 신일영 강학은 여학생들의 인기를 한 몸에 받았다. 어느덧 순임은 신일영 강학을 짝사랑하게 되었다. 국사 수업이 있는 날에는 잔업이 있어도 그것을 포기하고 반드시 수업에 참석했다. 나는 순임의 그 마음을 충분히 알았다. 우리는 가끔 빵을 사 먹으며 서로의 짝사랑에 대해 위로하며 웃었다. 순임은 시간이 흐를수록 신일영 강학을 동지로 받아들이고 있었지만 나는 그렇게까지 되진 않았다. 나는 동지가 필요한 게 아니라 애인이 필요했다.

그 무렵 나는 상우 형을 무섭게 질투하고 있었다.

희순이 상우 형을 좋아하는 것 같았기 때문이었다. 희순은 시민아파트의 상우 형 자취방에 오면 누가 시키지도 않았는데 옷소매를 걷어붙이고 빨래도 하고 밥도 했다. 다른 여성 강학들은 절대로 하지 않는 일을 희순은 자연스럽게 했다. 그 모습을 보고 있으면 눈에 불이 켜졌다. 상우 형은 희순이 그러거나 말거나 태연하게 자기 할 일만 했다. 나는 상우 형을 빨갱이로 몰아붙인 뒤로 부쩍 친해져서 자주 그의 자취방에 갔고 거기서 자는 날도 많았다. 그날도 야학이 끝나고 상우 형 자취방에 강학과 학강이 모여들었다.

"생활을 해결할 방법이 없어 갑갑하네. 야학에 집중하느라 공장을 때려치웠더니 주머니에 돈이 뚝 떨어졌

어. 당장 얼마라도 벌어야 한다면 공장에 취직하는 수
밖에 없는데 야학 일이 너무 많아 그럴 수도 없고. 그
래도 스스로 생활을 유지하지 않으면 그 무엇도 할 수
없으니."

상우 형이 걱정을 토로했다. 조금 미안했다. 자취방
에서 거의 살다시피 하면서 방값을 분담한 적도 쌀을
사 온 적도 없었다. 이번 달 월급을 타면 얼마라도 내
놓아야지 하는 마음이 생겼다. 물론 나도 광천동에 따
로 자취방이 있는데 야학이 끝나면 거기까지 걸어가기
가 싫어서 가까운 시민아파트에서 개기게 되었다. 이
아파트는 서너 사람이 앉으면 꽉 차는 작은 방 두 개로
구성된 아주 작은 아파트였다. 나는 다른 층에 있는 영
준 형의 방도 자주 애용했다. 그러고 보니 빈대의 삶을
전전하고 있는 셈이었다.

"나도 그래요, 형. 그래서 공장에 계속 나가요." 희순
이 말했다.

희순은 여전히 공장에서 망치로 용접 부스러기를
떼고 있었다. 우리 공장에서도 들불에 나가는 친구들
이 있어서 희순이 대학생 출신이라는 것을 알고 있지
만 모두 그 사실에 대해 입을 꾹 다물었다. 나는 한 공

간에 희순과 함께 있다는 것만으로 행복해서 몸이 아파도 결근하지 않고 공장엘 나갔다. 공장에 나가면 하루에도 열두 번씩 내 마음을 고백하고 싶었으나 소심한 나는 그러질 못했다. 나는 스스로 남자답다고 생각하며 살았고 또 남자답게 살아야 한다고 생각했다. 하지만 희순 앞에만 서면 나는 한없이 작아졌다. 왜 그러는지 나로서는 도무지 알 수 없었다. 그저 얼굴이 붉게 달아오르면서 가슴이 꽉 막혔다. 그래도 마음은 하늘을 나는 것처럼 좋았다.

"너는 일을 너무 많이 하더라." 상우 형이 말했다.

"내 손이 닿아야 되는 일들이 많으니까 그러지요. 형들은 야학이 끝나면 그냥 가버리고 나면 누군가는 정리해야 하잖아요."

"그렇게 꼭 정리정돈을 해야만 하냐? 그냥 좀 지나가면 안 돼?" 상우 형이 물었다.

"한 번 안 하기 시작하면 금방 엉망으로 변해." 희순이 말했다.

"그걸 꼭 네가 해야 하냐고?"

"형들이 안 하잖아!"

희순은 단호했다. 강학들이 희순을 뚝배기라고 불렀

는데, 내가 봐도 딱 어울리는 별명이었다. 헐레벌떡 뛰어다니며 일에 몰두하는 희순을 볼 때마다 안타까운 마음이 들었다.

가을이 왔다.

영원히 이 나라를 통치할 것 같았던, 감기도 걸리지 않을 것 같았던 대통령이 10월 하순의 어느 날 밤에 심복의 총에 죽었다. 대통령이 죽어가는 그 시간에 나는, 공장의 친구들과 함께 고두심이 주인공으로 나오는 영화 「아침에 퇴근하는 여자」를 보았다. 오랜만에 잔업이 없는 날이었다. 굳이 영화를 볼 생각이 없었는데 영화 포스터의 '문을 열어주세요. 새벽이슬이 내리고 있잖아요'라는 문구에 마음이 움직였다. 시시한 영화였다. 스무 살의 내 가을도 시시한 영화처럼 흘러갔다.

강학들은 무엇에 홀린 듯이 자주 모였고 주먹질을 해가며 싸웠고, 입에 침을 튀겨가며 논쟁했다. 야학이 끝난 어느 밤, 대여섯 명의 강학들이 상우 형의 방에 모였다. 나도 얼떨결에 자리에 끼게 되었다. 강학들이 쏟아내는 말을 그냥 귓등으로 흘리듯이 들으면서 가끔 재떨이나 비워주며 구석에 앉아 있었다.

"학교가 점점 어려워진다는데, 너랑 일영이는 학교로 돌아가야 할 것 같은데." 상우 형이 희순을 가리키며 말했다. 나도 모르게 신경이 쓰였다.

"학교로 안 돌아간다고 각서까지 쓰고 나왔잖아요. 그 각서 때문에 교도소 가는 것도 피했고. 그런데 어떻게 학교로 돌아가요? 그리고 나는 야학이 좋아요. 어차피 노동자가 되려고 대학을 다닌 셈인데, 이미 노동자인데 뭐 하러 학교로 돌아가요?" 희순이 따지고 들었다.

나는 상우 형을 비롯해 몇몇 강학들을 이해할 수 없었다. 야학을 하는 사람들이 전남대 걱정을 하고 있는 것이 아닌가. 이것은 중학생이 대학생 공부를 걱정하는 꼴이었고, 초가집 가난뱅이가 아흔아홉 칸 기와집 부자를 걱정하는 꼬락서니였다.

"각서는 각서고. 전남대 학운이 중심을 잘 잡아야 해. 지금 박정희가 죽어서 나라가 혼란하잖아. 유신이 끝났어. 너의 각서도 효력이 끝났고. 교육지표사건으로 구속되거나 제적당한 교수들도 모두 학교로 돌아갔어. 봄이 오면 학생들이 중심을 잡고 새로운 나라를 만들 준비를 해야 하는 거야. 정치지도자들한테만 맡겨두면 결코 해방된 세상은 오지 않아. 그만큼 학운이 중요한 때야. 희순아 크게 보자 크게. 너랑 일영이는 학교로 돌아가 학운의 중심을 꽉 잡고, 관훈이는 총학생회장에 나가야 해. 그래야 광주·전남 운동의 중심이 잡혀. 선배들과 그렇게 의논했어." 상우 형이 말했다.

희순이 대학으로 돌아간다고? 가슴이 쿵 내려앉았다. 그동안 희순과 나 사이에 넘어서지 못할 어떤 벽을 느꼈는데, 희순은 돌아갈 곳이 있고 나는 없다는 엄연한 사실. 이게 바로 그 벽이라는 것을 새삼스레 느꼈다. 희순은 대학생이었고 나는 공돌이었다. 그것이 본질이었다.

"제 문제를 왜 선배들이 의논해요? 내가 있는 데서 내 의견을 들어가며 의논해야지요. 그리고 아직은 들불에서 할 일이 많아요. 나는 노동자들과 함께 한국 사회를 변혁시키고 싶어요. 그러자면 내가 먼저 철저히 노동자가 되지 않으면 안 돼요. 연애가 급한 것은 아니지만, 만일 연애를 하게 된다면 노동자와 하려고요. 학출은 싫어요. 물론 지금은 연애는커녕 노래 한 곡 편하게 부를 시간도 없지만요."

희순의 말은 내게 큰 위안이 되었다. 하지만 사람을

사랑한다는 것은 근본적으로 끊임없이 외로워지고 쓸쓸해지는 일이란 것을 알게 되었다. 나는 그냥 평범한 사랑을 하고 싶었다. 현철 형이 헛기침을 두어 번 하더니 피우던 담배를 재떨이에 껐다. 무언가 할 말이 있다는 신호였다.

"모든 이론은 회색이고 오직 영원한 것은 저 푸른 생명의 나무다. 나는 이 말이 참 좋더라. 들불과 같은 노동야학은 대학생과 노동자가 함께 성장하는 터전이잖아. 강학들인 대학생들은 대학에서 배운 이론과 의식을 현장에서 실천하면서 스스로 성장하는 것이고, 노동자들은 가난과 고통의 근본적인 원인이 교육을 못 받은 것에 있는 것이 아니라 모순된 사회구조에 있다는 것을 배워 변혁의 주인공이 되는 것이고. 그래서 나는 희순이의 문제를 선배들 마음대로 결정하는 것은 오류라고 생각해. 희순이의 의견이 가장 중요하다고 생각하기도 하고." 현철 형의 말에 희순이 환하게 웃었다.

역시 강학들은 빨갱이가 아니었다. 그들을 전부 이해할 수는 없지만 적어도 하나는 분명했다. 그들은 나 같은 공돌이를 차별하지 않고 똑같은 사람으로 대했다. 내가 만난 사람들 중에서 최고의 사람들이다. 내가 그들을 따라가지 못하고 있을 뿐이다. 심지어 나는 그 중의 하나인 희순을 사랑하고 있다. 나의 비극은 거기에 있다. 검정고시를 봐서 작은 출세를 꿈꾸는 내가 대학생 출신 노동자를 사랑한다는 것. 그 영원한 어긋남. 작은 출세를 위한 검정고시가 아닌, 진짜 공부를 할 자신이 나에겐 없었다. 그래서 희순을 볼 때마다 나는 아팠다.

*

새벽 3시 반이 지나서야 도청에 머물던 사람들과 YMCA에서 온 지원자들에게 대한 총과 실탄 지급 그리고 배치가 끝났다. 상우 형과 현철 형 그리고 광천시민아파트의 지도자 김영철 형이 함께 민원실 2층 강당으로 올라갔다. 나도 그들의 뒤를 따랐다. 모두 들불과 관련 있는 형들이었다.

"마지막까지 왔네." 누군가가 말했다.

하지만 나는 아직 마지막을 실감하지 못했다. 내 몸에 마지막이 도착하지 않았기 때문이었다. 마지막이 도착하지 않으니 아직은 마지막이 아닌 것이었다.

"이제 우리 저세상에서 만나세." 현철 형의 목소리였다.

"영광이지. 이렇게 현장에서 마지막을 보게 되는 것이야말로 영광이지 뭐가 영광이겠소." 상우 형이 말했다.

세 사람이 민원실로 온 것은 지하에 무기고가 있기 때문이었다. 무기고에는 도청을 날려버릴 만큼의 다이너마이트가 있었다. 박 실장은 틈만 나면 다이너마이트를 폭파하겠다고 계엄군을 위협했다. 그만큼 중요한 곳이었다. 그래서 평소에 활동하던 본관을 떠나 민원실로 오게 되었다. 모두 창틀에 총을 걸고 금남로 쪽을 바라보았다.

*

사랑은 겨울 숲에서 시작되었다.

성당 본당에서 크리스마스 전야제가 열렸다. 성당의 교리실을 야학으로 사용하고 있는 관계로 전야제에 모두 참석하여 예수님의 탄생을 축하했다. 나는 전야제 중간에 나와 야학으로 건너왔다. 그 무렵의 나는, 우울에 시달리고 있었다. 검정고시에 합격하고 야간대학에

다닌다고 한들 내 인생이 나아질 것 같지도 않았고, 강학들의 말처럼 변혁의 주인공이 될 자신도 없었다. 예수 탄생 하루 전날 밤의 야학 교실은 얼음장처럼 추웠다. 붉은벽돌로 지은 대건안드레아교육관은 벽이 얇아 여름에는 쉽게 달궈져 푹푹 쪘고 겨울에는 또 그만큼 냉기를 품어 살을 에일 듯 추웠다. 잠시만 앉아 있어도 발가락 끝부터 시려오면서 몸이 얼기 시작했다.

나는 기도할 줄도 모르는 사람이었다. 그냥 불 없는 난로 옆에 가만히 앉아 있으니, 추웠다. 야학 교실에 낡은 난로를 들여왔으나 땔감이 없었다. 창밖엔 크리스마스캐럴이 한창이었다. 다른 해의 크리스마스이브에는 공장의 친구들과 함께 나이트클럽에 몰려가거나 충장로를 쓸고 다니며 데이트할 여자를 찾곤 했었다. 그런데 이번 크리스마스이브는 그 모든 것들이 시시해지고 말았다. 오랜만에 자취방에 돌아가 꺼진 연탄불을 살리고 라면에 소주나 한잔할까 하는 생각이 들었다. 너무 청승맞게 구는 것은 내 체질이 아니었다. 추위에 진저리를 치며 일어서는데 누군가가 문을 열고 들어왔다.

"어? 명수구나."

심장이 빠르게 뛰었다. 그 어떤 기대도 약속도 없었는데 사랑하는 사람이 교실로 들어온 것이다. 방금 전의 우울이 씻은 듯이 사라졌다.

"추운데 여기서 뭐해?" 희순이 물었다.

"너무 추워서 곧 가려고."

"전야제 끝나면 우리 들불 식구들 막걸리 마시러 갈 것 같은데, 같이 안 가?" 희순이 난로 연통을 만지며 물었다.

"누나는?" 내가 되물었다.

"나는 어디 좀 가야 해." 희순의 대답에 막걸리를 마시러 가고 싶은 마음이 싹 가셨다.

"나도 그냥 집으로 갈래." 바지 주머니에 양손을 찌르며 일어섰다.

"내일 나무 하러 같이 갈래?"

"뭐?" 믿어지지가 않는 말이라 얼른 되물었다.

"나무 하러 같이 가자고."

희순의 말에 얼어붙은 마음이 순식간에 녹아내렸다. 그 짧은 한마디가 내게는 크리스마스캐럴이었다.

"갈게요"

"좋아. 내일 아침 10시에 아파트에서 보자."

이 말을 남기고 희순은 성당을 떠났고, 크리스마스 오전 10시를 기다리느라 나는 한숨도 못 잤다. 내 생애 최고의 크리스마스이브였다. 크리스마스이브를 행복한 설렘 속에서 보내기는 처음이었다. 세상을 모두 가진 것만 같았다.

예수 탄생일 아침 10시, 나는 시민아파트로 갔다. 어떻게 구했는지 희순은 손수레까지 준비하고 기다리고 있었다. 아쉽게도 나무꾼은 나 혼자만이 아니었다. 어제도 밤새 토론을 했는지 희순의 얼굴은 푸석푸석했다. 크림이라도 좀 찍어 바르고 나왔으면 좋으련만, 그런 것과는 거리가 아주 먼 사람이었다. 단발머리에 꺼칠한 얼굴로 희순이 밝게 웃으며 나를 반겼다. 그 밝은 웃음이 내게는 아프게 느껴졌다. 어딘가 비어 있는 듯한, 허전하면서도 초연한 그런 웃음이었다. 희순과 나를 포함해 모두 네 명이 화정동의 짚봉산을 향해 손수레를 끌고 나섰다. 오늘 일이 끝나면, 충장로에 나가 크림이라도 한 통 사서 선물로 줄 생각을 하면서 손수레를 끌었다. 길을 걷는 동안에 희순은 '어찌 갈 거나 바람 부는데, 어찌 갈 거나 길은 멀은데……' 노래를 흥얼거렸다.

시민아파트에서 빠른 걸음으로 한 시간쯤 걸어가면 광주소년원이 나왔다. 소년원을 돌아가면 짚봉산으로 들어가는 작은 오솔길이 나왔다. 야트막한 동산이라고 해도 손수레를 끌고 오르막 오솔길을 오르자니 숨이 턱 밑까지 찼다. 내가 하도 힘들어하자 희순이 뒤에서 밀었다. 갑자기 힘이 솟았다. 산 중턱에 올라가니 조금 평평한 장소가 나왔다. 거기에서 희순이 싸 온 김밥을 먹었다. 김밥은 꿀맛이었다.

"얼른 손수레를 가득 채워 내려가자. 오늘 크리스마스인데 저녁에는 식구들이랑 친구들이랑 놀아야지." 희순이 말했다.

나는 희순과 짝이 되어 땔감을 구하러 다녔다. 죽은 소나무 가지나 솔방울을 보이는 대로 주웠다. 땀을 삘삘 흘리며 소나무 숲을 뛰어다녔다. 겨울 숲은 텅 비어 있어서 속이 훤했고 또 그만큼 쓸쓸해 보였다. 죽어서 말라버린 자그마한 소나무 한 그루가 눈에 띄었다. 그 나무를 분해하듯이 잘게 분질러 손수레에 실었다. 다시 다른 땔감을 구하러 가는데 희순이 솔방울을 품에 가득 안고 내려왔다. 얼른 가서 솔방울을 넘겨받았다. 솔방울을 손수레에 쏟아놓고 숨을 몰아쉬는데 희순이 손수건을 내밀었다.

"괜찮아. 찬바람에 금방 식어." 손수건을 돌려줬다.

"찬바람에 식으면 감기 걸려." 희순이 기어이 손수건을 내 손에 쥐어주었다.

손수건으로 이마에 흐른 땀을 닦는데 괜히 웃음이 나왔다. 이토록 순수하게 웃어본 적이 언제인지 모르겠다. 산다는 게 뭐 별거 아니다. 작은 손짓 하나에도 가슴이 설레고 입꼬리에 웃음이 걸려 있으면 되는 거 아닌가. 지금 이 순간, 나는 더 바랄 것이 없는 사람이 되었다. 마음속의 말을 모두 고백하면 더 좋겠지만 그것이 아니어도 좋다고, 나는 생각했다.

"네가 나 좋아하는 거 알고 있어." 희순이 말했다.

그 말에 내 몸이 떨렸다. 나는 어떤 말도 못하고 그저 손수건으로 이마의 땀만 찍어냈다. 내가 좋아하는 것을 알고 있다니, 그럴 줄은 몰랐다. 어떻게 알았을까? 공장에 같이 다니는 친구 중에서도 겨우 두어 사람만 알고 있을 뿐인데.

"나 좋아해줘서 고마워. 며칠 전에 상우 형이 말한 것처럼 곧 야학을 떠나…… 학교로 돌아가. 나만 가는 게 아니고, 일영 형, 관훈 형도 함께. 학교에 가면 길어야 일 년이야. 졸업장 받으러 학교에 가는 게 아니니까. 돌아오면 그때부터 만나. 기다릴 수 있지?"

기다릴 수 있지? 그 말에 나도 모르게 눈물이 방울방울 흘러내렸다. 나는 고개를 끄덕이다가 희순을 쳐다봤다. 희순이 웃으며 손으로 내 볼의 눈물을 닦아주었다. 비록 내 입으로 말하지 않았지만 나는 겨울 숲에서 맹세했다. 숲에서 불어오는 바람과 푸른 소나무와 억새와 작은 오솔길이 빚어낸 겨울 숲의 풍경을 두고 말이 아닌 마음으로 맹세하며 고개를 끄덕였다. 희순이 내 손을 꼭 잡아주었다. 아기 예수가 온 것처럼 사랑이 시작된 날이었다. 나는 사랑으로 구원받은 사람이 되었다. 그 순간 이후, 나는 무엇이든 될 수 있다고 생각했다. 희순을 위해서라면 노동운동도 할 수 있을 것만 같았다. 아니 그렇게 되어야 한다고 속다짐을 하며 겨울 숲에서 내려왔다.

*

그날 하루 종일 희순은 바빴다.

손수레 가득 땔감을 싣고 와 교실 구석에 차곡차곡

쌓았다. 함께 나무를 했던 사람들과 헤어져 계림동 선배 자취방에 가서 전두환의 쿠데타에 대해 토론하고 다시 야학으로 왔다. 영어 수업이 있는 날이었다. 희순은 강학이 아니었지만 수업을 참관하고 수업 일지를 작성했다. 밤 10시가 넘어 수업이 끝났고 강학들도 돌아갔다. 희순은 난로가 꺼질 때까지 교실에 남았다. 난로가 꺼지자 정돈을 하고 주월동 집으로 향했다. 작은 오빠 부부와 함께 사는 집이었다. 그날은 김장을 하는 날이었다.

자정 무렵에 집에 돌아온 희순은 올케한테 김장을 돕지 못해 미안하다고 사과했다. 올케는 환하게 웃으며 김장 김치에다 저녁상을 차려주었다.

"언니 죄송해요. 김장하는 날인데."

"아가씨 무슨 소리를 그렇게 하세요. 피곤해 보이는데 어서 먹고 자요."

"고마워요, 언니."

희순은 작은오빠네 식구들한테 정말 미안했다. 그러나 몸이 너무 고되어 수저 들 힘도 없었다. 희순은 늦은 저녁을 먹으면서 밥상머리에서 꾸벅꾸벅 졸았다. 수저를 놓자마자 자기 방으로 가서 씻지도 못하고 후

드티를 입은 채로 자리에 쓰러지듯 누웠다. 양말도 벗지 못했다. 그 새벽에 희순은 연탄가스에 중독되어 이 세상을 떠났다. 스물두 살이었다.

*

겨울 숲의 사랑은 이렇게 만 하루도 채우지 못하고 끝이 났다.

희순은 달을 바라보는 곳, 망월로 갔다.

10

새벽 3시 50분

"시민 여러분, 지금 계엄군이 쳐들어오고 있습니다. 사랑하는 우리 형제, 자매들이 계엄군의 총칼에 숨져 가고 있습니다. 우리 모두 계엄군과 끝까지 싸웁시다. 우리는 광주를 사수할 것입니다. 여러분 우리를 잊지 말아주십시오. 우리는 최후까지 싸울 것입니다. 시민 여러분 계엄군이 쳐들어오고 있습니다."

도청 옥상에 설치된 스피커에서 애절한 목소리가 울려 나왔다. 방송실을 지키고 있는 송원전문대 2학년 박영순의 목소리였다. 눈물 섞인 목소리가 밤하늘에 울려 퍼졌다. 민원실에 있던 모든 사람들이 수군거리며 서둘러 자세를 바로잡았다. 상우 형이 내 손을 꽉 잡았다가 놓았다. 흐린 밤하늘 위로 피맺힌 절규가 애절하게 퍼져 나갔다. 한 마디 한 마디가 비수가 되어 새벽잠에서 깬 시민들의 가슴에 쏟아졌을 터였다.

"놈들이 마침내 왔구만." 상우 형이 말했다.

"도청 전체의 전원을 내립시다." 현철 형은 미리 파악하고 있던 전원 박스를 찾아 주전원스위치를 내려버렸다. 도청은 한순간에 암흑으로 변했다. 잠시 후, 눈이 어둠에 익자 사물들이 조금씩 흐릿하게 보이기 시작했다.

탕!

한 발의 총소리가 어둠 속에서 신호처럼 울렸다. 타다다당! 이어 계엄군이 소총을 갈기는 소리가 들려오기 시작했다.

"유리창을 깨라! 유리창을 깨고 총을 내밀어라!" 상황실장의 고함이 들렸다.

상우 형이 먼저 개머리판으로 유리창을 내리치자 한순간에 산산조각 났다. 여전히 밖은 어두웠다. 창밖에서 흔들리는 것이 나무인지 사람인지 구분되지 않았다. 계엄군의 총소리는 점점 심해지는데 시민군이 쏘는 총소리는 거의 나질 않았다. 철모에 흰 띠를 두른 군인들의 모습이 점차 눈에 잡히기 시작했다. 나는 군인 하나를 겨냥하고 방아쇠에 손가락을 걸었다. 손가락에 힘을 줘서 살짝만 당기면 총알이 발사되고, 총알에 맞으면 사람이 죽는다. 사람이 죽는다는 무게감에 내 손가락은 방아쇠를 당기지 못하고 머뭇거리기만 했다.

"사격! 사격하란 말이야!"

기동타격대장이 여기저기 뛰어다니며 사격하라고 외쳤지만, 시민군은 총을 쏘지 못하고 망설이기만 했다. 시민군은 군대가 아니라 시민의 모임에 불과했다. 사람이 죽을까 봐 겁이 나서 총을 쏘지 못하는 허망한 순간이 이어졌다. 나도 무서웠다. 내가 방아쇠를 당기고 총알이 나가서 사람이 죽는다면, 생각만 해도 끔찍한 일이었다. 반면에 계엄군은 마구잡이로 총질을 하며 진격해 왔다.

"도청 후문이 무너졌다." 누군가가 민원실 강당으로 뛰어들면서 외쳤다.

"구름다리로 나가 지원합시다." 현철 형이 말했다.

상우 형과 나, 현철 형과 용철 형은 강당을 가로질러 본관으로 연결된 구름다리로 뛰어갔다. 구름다리에서 보면 경찰청 건물이 바로 앞에 보였다. 방아쇠를 당기지도 못하면서 나는 전투태세로 구름다리로 나가 경찰청을 바라보며 창틀에다 총구를 내밀었다. 아무 생각도 나질 않았고 어떤 총소리도 들리지 않았다. 텅 빈 상태로 고요했다. 다만 방아쇠를 당겨야 한다고, 당겨야만 한다고 속다짐만 해댔다. 나의 왼편에는 상우 형, 오른편에는 현철 형, 또 그 옆에 용철 형이 경찰청을 향해 총구를 향하고 있지만, 누구도 방아쇠를 당기지 못했다. 당겨지지가 않는 것이었다. 현철 형은 군대에서 특등 사수였다고 자랑을 그리도 하더만 가늠자만 바라볼 뿐 다가오는 공수대원을 향해 끝내 총을 쏘지 못했다.

고개를 돌려 도청 정문 쪽을 보니 장갑차와 탱크를 앞세우고 계엄군이 몰려오는 게 어슴푸레 보였다. 정문에서 싸우고 있을 수찬 생각이 떠올랐다. 정문에서 계엄군을 향해 두어 발의 총성이 울렸다. 거의 동시에 수십 발의 총성이 정문의 시민군을 향해 발사되었다. 그래도 수찬은 죽지 않을 것 같았다. 다시 경찰청을 바라보며 공수대원이 움직이는지 살폈다.

그사이에 앞 건물에서 불이 번쩍하며 한 발의 총성이 울렸다.

아이쿠.

상우 형이 외마디 비명을 지르며 넘어졌다. 옆구리

에서 피가 흥건하게 올라왔다. 나는 상우 형을 업고 강당으로 들어갔다. 한 걸음 내딛을 때마다 상우 형의 옆구리에서 피가 쿨럭쿨럭 쏟아져 내 옷을 적셨다. 강당 안으로 들어가 바닥에 상우 형을 눕히고 이름을 부르며 흔드는데 팔다리가 허수아비처럼 의지 없이 흔들렸다. 현철 형이 어디선가 담요 같은 것을 가져와 덮어주었다. 강당 안에 있던 시민군은 우왕좌왕하느라 정신들이 없었다.

경찰청에서 민원실로 침투하던 계엄군은 2층 구름다리를 건넜다. 그들은 소총을 난사하며 복도를 통과한 다음 강당으로 들어왔다. 강당에 있던 시민군 중 일부는 반대편 복도와 계단 끝에 몰려 공포에 질린 눈으로 피에 굶주린 공수대원들을 보고 있었다. 그들의 눈동자는 맹수의 눈처럼 빛이 났고 눈자위는 핏발 가득 붉었다. 그들은 강당 바닥을 향해 난사를 시작했다. 총알이 소나기처럼 강당 안으로 쏟아졌다.

"움직이는 것은 모두 빨갱이 폭도다. 움직이는 것은 무조건 사살하라!"

누군가가 소리쳤다. 유리창 깨지는 소리, 총알이 강당 타일 바닥에서 튕겨 오르는 소리, 비명소리, 울부짖는 소리, 멀리서 탱크가 굴러오는 소리, 전일빌딩 쪽에서 헬기가 날면서 기관총을 난사하는 소리가 뒤섞였다. 복도 끝 계단에 몰려 있던 사람들은 층계 입구에 있는 화장실이나 난간으로 간신히 몸을 피했다. 공수대원이 올라오더니 화장실 문을 열고 소총을 난사했다. 단말마의 비명소리가 들렸다. 그사이에 나와 현철 형, 용철 형은 낮은 포복으로 기어 강당으로 들어가 벽에 붙었다. 차라리 강당이 안전한 것 같았다. 계단 난간이나 복도 끝에 숨어 있던 시민군들은 공수대원의 난사에 견디지 못하고 항복하거나 속절없이 사살되었다. 계엄군은 일사불란했고 시민군은 우왕좌왕했다.

사격이 멈췄다.
한순간에 죽음 같은 침묵이 찾아들었다.
강당 무대 쪽에서 누군가가 딸꾹질을 했다.

딸꾹질을 향해 집중사격이 이뤄졌다. 이번에는 비명도 없었다. 총알이 빗발치듯 타일에 튕겨 올라오니 불꽃이 튀었고 여기저기 커튼에 불이 붙었다. 불은 상우 형을 덮은 이불에 옮겨붙었다. 상우 형의 얼굴이 이불과 함께 타들어갔다. 상우 형이 불에 타는 것을 두고 볼 수가 없어 나는 상우 형한테 가려고 포복을 시작했다. 뒤에서 현철 형이 잡았다.

"상우 형이 불에 타고 있어, 어떻게 해?"

"가면 죽어."

"상우 형…….." 나는 포복을 시작했지만 현철 형이 놓아주질 않았다.

"상우 형, 머리와 얼굴에 불이 붙었어. 꺼야지, 이거 놓아, 형." 나는 속으로 울부짖으며 현철 형한테 놓아 달라고 애원했다. 현철 형은 내 허리춤을 꽉 붙잡고 놓아주지 않았다.

"아아악!" 나도 모르게 괴성을 질렀다.

그러자 공수대원들이 현철 형을 향해 집중사격을 시작했다. 총탄은 바닥이며 벽에 맞아 잘게 부서지면서 튕겨나갔다. 현철 형의 머리와 팔과 등에 총탄이 무수히 박혔고, 그 자리마다 피가 흘렀다. 현철 형은 공수대원을 향해 단 한 발의 사격을 했고, 총탄은 빗나갔다. 그리고 현철 형은 외마디 비명도 없이 총탄 세례를 받고 숨을 거뒀다. 현철 형은 내 몸 위로 넘어졌다. 깨진 머리에서 쉴 새 없이 피가 흘렀다.

"항복, 항복!"

강당에서, 계단 복도에서 총알 세례를 받던 시민군들이 더는 견디지 못하고 총을 버리고 기어 나왔다. 용철 형은 공수대원에게 잡히느니 죽는 게 낫다고 판단했다. 총구를 자신의 목에 대고 방아쇠를 당겼다. 찰칵, 방아쇠를 당겼는데 총알은 발사되지 않았다. 그것을 본 공수대원이 용철 형의 몸을 군화로 짓이겨버렸다.

중사 계급장을 단 공수대원 하나가 나타나더니 구석구석 총을 쏘며 '나와'라고 외쳤다. 그는 집요하게 커튼도 들췄고 매트리스도 뒤집어가며 살아 있는 목숨을 향해 총을 쏘았다. 여기저기 숨어 있던 어린 시민군들이 양손에 총을 높이 들고 항복하며 나왔다. 그때, 공수부대원 하나가 나타나더니 상우 형의 얼굴이며 머리카락을 태우던 불을 껐다. 이어 그는 사진을 찰칵 찍고 사라졌다. 그제야 나는 얼굴을 파묻고 죽은 듯이 웅크렸다.

'희순아 미안해. 상우 형을 지키지 못했다.'

상우 형이 흘린 피로 내 옷은 이미 흥건하게 젖은 상태였다. 나는 현철 형의 몸 아래에서 죽은 척 누워 상황을 살폈다. 민원실과 강당에서 체포된 시민군은 스무 명 정도 되었다. 중사는 그들을 모두 비좁은 베란다 난간에 꿇어앉혀 놓고 군홧발로 가슴이며 머리를 차며 욕을 퍼부었다. 중사는 베란다 바로 앞에 있는 소나무를 타고 1층 바닥으로 내려가라고 지시했다. 시민군은 베란다 난간에서 뛰어, 가지를 붙든 다음 소나무를 타고 땅바닥으로 내려갔다. 소나무 아래에서는 또 다른 지옥이 기다리고 있었다.

공수대원이 밑에서 기다리고 있다가 소나무를 타고 내려온 시민군의 발이 땅에 닿기도 전에 목덜미를 사정없이 걷어찼다. 단말마의 비명과 함께 시민군은 콘크리트 바닥에 나뒹굴었고 코가 깨지거나 뺨이 찢어졌고 입술도 터졌다. 자살에 실패한 용철 형이 소나무를 타고 내려가자 기다리고 있던 공수대원 하나가 다가와 군홧발로 머리를 걷어찼다. 마치 축구공을 차는 것 같았다. 용철 형의 머리에서 피가 터졌다. 이어 공수대원은 용철 형의 몸을 짓밟은 뒤 손을 뒤로 한 채 엎드리게 하였다. 공수대원들이 오가면서 엎드려 있는 사람들을 발로 밟고 찼다. 지나가던 공수대원이 용철 형의 머리를 개머리판으로 후려쳤다. 나는 터져 나오는 비명을 간신히 막고, 총알 세례로 죽은 현철 형의 몸 밑에서 그 모든 것을 지켜보았다.

*

현철 형의 주검을 이불처럼 덮고 있던 나는 강당 안이 조금 잠잠해지자 낮은 포복으로 본관을 향해 이동했다. 두 팔꿈치와 두 무릎의 자국마다 피가 고인 듯했다. 내가 왜 도청 본관의 2층 복도를 그토록 기를 쓰고 기어갔는지 모르겠다. 공수대원이 나타나면 죽은 척을 반복해가며 대변인실을 향해 기어갔다. 그곳에 있는 상우 형이 남긴 마지막 메모를 챙겨야 한다고 생각했다. 어떤 고집 같은 것이 나를 사로잡았다. 상우 형을 지키지 못했다는 죄책감에 휩싸여 그가 남긴 유품을 챙겨 나가야 한다는 고집. 그렇지 않으면 나중에 희순을 떳떳하게 볼 수 없을 것이라는 생각이 기어이 죽음의 복도를 기어가게 했다.

죽음의 복도에는 자주 공수대원이 출몰하여 소총을 난사했다. 그들은 중앙 계단을 통해 3층과 옥상을 오르내리며 숨어 있는 시민군을 찾아 사살하거나 체포했다. 나는 간신히 부지사실이었던 상황실 앞에 도착했다. 바닥에 엎드려 열린 문으로 상황실 안을 살폈다. 상황실 안쪽에 광천동성당에서 보았던 피에타와 같은 형상이 보였다. 정신을 집중하여 쳐다보니, 이종석 변호사가 아들 효균을 안고 있었다. 마리아가 예수를 안고 있듯이 총에 맞아 얼굴이 반쯤 사라진 아들의 시체를 안고 망연히 앉아 있는 이종석 변호사. 바로 눈앞에서 이제 겨우 스무 살의 아들이 머리에 총을 맞고 쓰러지는 모습을 목격했을 아버지가, 아들의 주검을 안은 채 온몸을 떨고 있었다.

"효균아, 내가 미안하다. 미안하다. 아비가 미안하다."

이종석 변호사는 피에타의 마리아처럼 앉아 미안하다는 말만 중얼거렸다. 축 늘어진 효균의 몸에서 끊임없이 피가 흘렀다. 비릿한 피 냄새를 맡으며 나는 그만 말을 잃었다. '오 하느님.' 외마디의 말 외에는 어떤 말도 입 밖으로 나오지 않았다. 이 변호사는 아들의 깨진 머리를 가슴에 끌어안고 미동도 없이 앉아 있었다.

"이 새끼는 뭐야?" 공수대원 하나가 들어와 이 변호사의 머리를 향해 개머리판을 휘둘렀다. 순간 아들의 몸이 아버지의 품에서 튕기듯이 나와 바닥에 떨어졌다.

"네 이노옴!"이 변호사가 벌떡 일어나 절규했다.

이 변호사의 절규에 공수대원이 깜짝 놀라 행동을 멈추었다. 그마저도 잠시뿐, 공수대원이 상황을 파악했는지 이 변호사한테 다가갔다.

"이 새끼가 미쳤나?"

공수대원이 빙그레 웃으며 효균의 몸을 발로 차면서 이 변호사의 허벅지를 대검으로 푹 찔렀다. 이 변호사가 옆으로 쓰러졌다. 나는 그 공수대원을 향해 손에 쥐고 있던 총을 들어 올렸다. 그를 향해 총구를 겨누는데 언제 기어 왔는지 병규가 나를 밀쳤다. 병규가 공수대원을 향해 방아쇠를 당겼다. 총성과 함께 공수대원이 픽 쓰러졌다. 복도를 피투성이로 기어 온 병규가 쓰러진 공수대원을 보며 온몸을 일으켰다. 최후의 진저리처럼 몸을 떨며 병규는 이 변호사와 효균을 향해 상황실로 들어갔다. 그때, 다른 공수대원이 달려와 병규를 대검으로 찌르기 시작했다. 나는 참을 수가 없어 총을 들어 방아쇠를 당겼다. 그러나 총알이 나가질 않았다. 나는 고개를 푹 숙여 병규가 죽어가는 모든 순간을 목격했다.

"빨갱이 새끼들이 말이야."

공수대원은 병규의 두 다리를 잡더니 질질 끌었다. 내가 발길에 걸리자 그는 대검으로 내 허벅지를 푹 찔러 밀치고는 병규를 거꾸로 잡고 중앙 계단으로 갔다. 나는 비명도 지르지 못하고 죽은 척을 했다. 내 눈으로 보이는 이 상황을 나는 믿을 수 없었다. 흉몽도 악몽도 아니었고, 지독한 가위에 눌린 듯 나는 아무것도 하지 못했다. 아니 하고자 해도 비명조차 나오질 않았다. 공수대원은 병규를 거꾸로 끌고 계단을 내려갔다. 한 계단을 내려갈 때마다 병규의 머리가 수박처럼 툭툭 깨졌고 피가 남았다. 나도 모르게 굳어 있던 몸이 풀렸다.

　"병규야! 야, 이 짐승만도 못한 놈들아, 너희들이 사람이냐!"

　나는 친구의 이름을 부르며 벽을 짚고 일어나 절규했다. 나는 카빈소총의 탄창을 친 다음 공수대원을 향해 방아쇠를 당겼다. 탕! 총탄은 공수대원을 맞추지 못했다. 나는 다시 카빈을 들고 공수대원을 겨냥했다.

　탕!

　한 발의 총성이 울렸고 무언가가 옆구리를 뚫고 지나갔다.

　"어, 엄마……!"

바닥으로 쓰러지며 나도 모르게 어머니를 불렀다.

*

'명수야.'

자욱한 안개 속에서 누군가가 내 이름을 불렀다. 다정하고 따뜻한 목소리였다.

'엄마!'라고 불러보았다.

'명수야.' 희미한 안개 저편에서 내 이름을 부르는 소리가 들렸다. 누나 같기도 했다.

'누나……?'

발산의 언덕을 내려와 뽕뽕다리를 건너 제일고등학교를 지나 방직공장으로 가던 누나의 뒷모습이 설핏 보이는 것 같기도 했다. 머리를 묶고 총총걸음으로 문간방을 나서는 누나의 뒷모습은 한 마리의 나비처럼 예뻤다.

'명수야, 나야.'

누구일까? 여기는 어디일까? 차츰 안개가 걷히고 풍경이 드러나기 시작했다. 눈에 익은 장소였다. 기억을 더듬어보니, 짚봉산 중턱 소나무가 많은 숲이었다. 겨울인 듯 숲은 앙상하고 황량한 속을 드러냈다. 문득 메마른 풀숲 위로 배추흰나비 한 마리가 날아왔다. 배추흰나비는 꽃도 없는 풀숲을 나풀나풀 날아다녔다. 배추흰나비는 바람 같기도 하고 영혼 같기도 하였다.

나는 배추흰나비를 따라갔다. 나비가 닿는 모든 풀마다 새싹이 돋았고, 나뭇가지마다 연초록의 새 움이 솟아났다. 나비가 살짝 땅에 내려앉으면 민들레나 할미꽃 같은 꽃들이 앞다투어 피어났다. 꽃이 피면 바람이 불었고, 바람을 따라 벌이 날아와 꽃에 앉았다. 배추흰나비는 엄마 혹은 누나 아니 희순을 닮은 것 같았다. 날개에 특별한 무늬도 없는 자그마한 나비…… 흰색의 날개가 펄럭일 때마다 생명의 바람이 불어 겨울 숲이 봄 숲이 되었고 연두의 물결이 마침내 바다를 이루었다.

정신없이 나비를 따라가니 숲 안쪽에 작고 예쁜 집이 나타났다. 시골집처럼 생겼으나 남루하지 않고 담박한 세 칸짜리 집이었다. 무엇보다 마당 가득 햇살이 쏟아지고 있어서 내 마음이 뽀송뽀송해졌다. 열린 문으로 들어가니 어린 꼬마 셋이서 맑고 또렷한 눈망울과 웃음으로 장난치며 놀고 있었다. 한눈에 딱 보아도 내 아이들처럼 보였다. 그중에 한 아이를 안아 올렸더니 그만 울음을 터트렸다. 다른 아이들은 손뼉을 치며 웃으며 발을 동동 굴렀다. 집 안에서 누군가 나오는데 마당 가운데로 배추흰나비가 날아갔다. 얼굴이 뭉개진 듯 알아볼 수 없는 여자가 집에서 나와 나를 쳐다보았다. 배추흰나비가 팔랑팔랑 날아서 그 여자의 뭉개진 얼굴에 앉았다. 그러자 여자의 얼굴이 돌아오기 시작했는데, 점차 희순의 얼굴로 변해갔다.

'희순아. 내가 왔어.'

나는 열흘 간 집을 떠났다가 이제 막 돌아왔다. 희순을 보니 왈칵 눈물이 났다. 희순은 어깨를 떨며 울음을 견디고 나를 끌어안았다. 그제야 소리 없이 눈물이 터졌다.

'어서 와. 그동안 고생 많았어. 이제부터 열심히 일하며 행복하게 살아가자.'

희순이 내 등을 토닥거리더니 쓸어주었다. 위안이 되었으나 나도 모르게 옆구리가 아팠다. 내 옆구리에는 상우 형이 담겨 있었다. 옆구리 속에 웅크리고 앉은 상우 형이 흥건하게 피를 흘렸다. 희순이 손을 뻗어 상처를 만져주자 옆구리가 자궁으로 변했고 이어

상처 위에 놓인 희순의 손가락이 서서히 배추흰나비
로 변했다.

배추흰나비는 다시 날아가기 시작했다. 숲을 지나
간 배추흰나비는 한 번도 가본 적 없는 도시를 날아다
녔다. 도시를 흐르는 작은 개울에는 여러 종류의 물고
기들과 온갖 곤충들이 어우러져 살고 있고, 만나는 사
람마다 밝은 표정으로 인사했으며 버스 정류장에서는
젊은 연인들이 키스를 나누고 있었다. 작고 예쁜 학교
들과 깨끗한 공장들, 잘 지은 아파트며 작은 공원들이
잘 어우러진 도시였다. 이 도시의 모든 사람들은 모두
평등했다. 기쁨 앞에서도 평등했고 슬픔 앞에서도 평
등했다. 체육 경기 이외에는 편을 갈라 싸우지 않았고,
서로의 말을 끝까지 들어주는 사람들이 많아 평화로
웠다.

나는 배추흰나비를 따라 걷다가 다시 집으로 돌아
와 희순을 만났다. 희순이 일을 하러 가자 이번에는 내
가 아이들을 돌보았다. 주방으로 들어와 보니 씻지 않
은 그릇이 있어 설거지를 했고 청소기를 돌린 다음 빨
래를 개었다. 아이들이 개어놓은 빨래를 엉망으로 만
들어 소리를 질러 혼을 내기도 했다. 아이들은 까르륵

까르륵 웃었다. 그 웃음에서 배추흰나비가 마구 태어났다.

  '명수야.'
누군가가 다시 내 이름을 불렀다.

*

  환상인지 꿈인지 모를 장면이 지나가고 간신히 정신을 차렸다. 나는 손을 뒤로 묶인 채 도청 마당에 엎드려 있었다. 고개를 돌려 주변을 살펴보았다. 공수대원들이 시민군 시체를 끌고 와 아무렇게나 던져놓았다. 병규와 효균, 수찬의 죽은 몸이 보였다. 내가 알고 있는 사람들은 모두 전사한 것 같았다. 이 변호사가 손을 뒤로 묶인 채 머리를 시멘트 바닥에다 쿵쿵 찧고 있었다. 눈을 감고 가만히 엎드려 있는 용철 형이 보였다. 그의 옆얼굴에서 절망이 느껴졌다.
  "내려와 새끼들아. 소대장님. 요, 고삐리 새끼들이 끝까지 숨어 있다가 살려준다니까 기어 나옵니다."
  공수대원 하나가 두 손을 번쩍 들고 내려오는 고등

학생들을 가리키며 보고했다. 집에 돌아가라고 해도 끝까지 남겠다고 고집을 피우던 눈에 익은 학생들이었다. 공포에 입술이 파랗게 질려 있었다.

"오호, 살려준다니까 그제야 항복을 했다고?" 소대장이 물었다.

"네, 그런 것 같습니다." 공수대원이 대답했다.

"대가리에 피도 안 마른 새끼들이, 호적에 잉크도 마르기 전에 벌써부터 빨갱이질이야? 이런 것들은 아예 일찌감치 싹을 잘라야 해. 야 새끼들아, 살려줄 줄 알았지?"

말이 떨어지기가 무섭게 소대장이 학생들을 향해 드르륵 총질을 해댔다. "엄마!"라는 비명과 함께 다섯 명의 고등학생들이 총알 세례를 받았다. 이제 겨우 열여덟에 불과한 어린 학생들이 그 자리에서 즉사했다. 소대장은 더러운 물건을 대하듯이 인상을 팍 쓰더니 부하한테 '치워!'라고 명령했다. 나는 그들이 학생들의 시신을 질질 끌고 가서 트럭 짐칸에 던지는 것을 끝까지 보았다.

11

_____ **새벽 5시 15분**

도청에 있던 상우 형과 현철 형은 전투 중에 전사하였고 나는 포로가 되었다. 원하지 않았으나 운명이 나를 목격자로 만들었다. 나는 도청 마당에서 귀로 듣고 눈으로 보았다.

*

도청 쪽에서 끊임없이 계엄군의 M16 총소리가 들렸다.

전일빌딩 앞 금남로에서는 탱크와 장갑차 굴러가는 소리가 들렸다. 불안 속에서 YWCA에 있던 들불 식구들과 극단 광대 등 여러 시민군들은 각자 맡은 위치에서 계엄군이 오기를 기다렸다. 그들은 여성들과 고등학생만 피신시켰을 뿐 아무도 담을 넘어 도망가지 않았다. 특히 박영준은 윤상우와 노명수, 양현철과 김용철

이 도청에서 싸우고 있다는 것을 늘 염두에 두었다. 여기까지 왔는데 여기서 돌아갈 수는 없었다. 그게 사람답게 살고자 하는 사람의 일이라고 영준은 생각했다.

영준은 도청에서 들려오는 총소리를 들으면서 스물다섯의 생애를 잠시 돌이켜보았다. 갓난아이 상태로 포대기에 싸여 고아원 문 앞에 버려지면서 생을 시작한 기구한 날들이었다. 누구를 원망할 수도 없이 완벽한 혼자로 겨우 삶을 살아냈다. 다행히 지난 두 해 동안 혈육처럼 함께 지낸 사람들이 있어서 행복했다. 사무실 난로에서 라면을 끓여 먹고 소파에서 쪽잠을 자던 사람을 광천시민아파트의 작은 방으로 억지로 끌고 가 식구로 만들어준 용철 형이 제일 고마웠다.

"하느님. 도청에 있는 사람들을 굽어살피소서. 그들의 목숨을 지켜주시고 평안과 자유와 평화를 내려주소서. 그들을 대신하여 나를 내어놓겠나이다. 나를 번제에 올려놓겠나이다. 나를 받으시고 그들에게 은혜 내려주소서. 그들의 가족이 슬픔의 바닥에서 몸부림치지 않게 하소서. 하느님 제게 용기를 주시고 이 땅에 자유와 평등을 주소서. 이 새벽이 지나면 민주주의의 아침이 오게 하소서. 감사합니다. 모든 것을 용서하시고 이 세상에 관용과 사랑을 주소서. 감사합니다."

영준은 중얼중얼 기도했다. 기도를 마치는데 어떤 슬픔 같은 것이 바람처럼 옆을 지나갔다. 슬픔이 아니라 쓸쓸함이나 외로움 같기도 했다. 키가 작아서 연애는 엄두도 못 내고 지내왔다. 이제 날이 밝아 YWCA를 나가게 되면 좋은 사람을 소개받고 싶었다. 외모 같은 건 상관없었다. 함께 같은 곳을 바라보고 같은 길을 걸어갈 수 있는 사람을 만나는 것. 그것이 꿈이 아니길 소망했다.

문득 라면이 먹고 싶었다. 신협 사무실 난로에서 지겹도록 먹었던 라면인데, 그 냄새가 솔솔 코를 자극하는 것만 같았다. 계란을 넣으면 좋겠지만 없어도 좋았다. 소주가 있다면 라면 국물에 두어 잔 마시고 싶었다. 영준은 여기 YWCA가 생의 끝이라고 생각하지 않았다. 어쩌면 여기가 생이 새롭게 시작되는 고향이 될 수도 있다. 영준은 평생을 집도 없고 고향도 없이 살아왔다. 날이 밝아 여기에서 나가면, 완벽히 다른 삶을 살게 될 것 같았다. 지난 열흘을 살았으니, 스물다섯 이전의 삶은 이제 끝났다고 생각했다. 영준은 새로운 삶을 살겠다고, 예전처럼 주눅 들지 않고 머뭇거리지 않으며 자신 있게 행동하며 살겠다고 속다짐을 했다.

　용철 형 식구들과 함께 김밥과 삶은 계란, 사이다가 있는 작은 가방을 들고 극락강 건너 서쪽으로 소풍을 가자고 해야지. 형수가 김밥을 맛있게 싸 주겠지. 아니 무등산 증심사로 갈까? 형수한테 아가씨도 소개해달라고 해야지. 서로 어울리는 짝을 만나 알콩달콩 연애도 하고 곧 결혼도 해서 용철 형의 집을 나와 살림을 차려야지. 비록 얼마 되지 않지만 그동안 모아놓은 돈에다 다니는 직장에서 돈을 조금만 빌리면 광천시민아파트 정도는 전세로 얻을 수 있겠지. 4층 간호보조원양성소에 다니고 있는 수강생 중에서 참하게 보이는 아가씨들이 몇 있는데, 소개해달라고 해볼까? 이런저런 생각을 가뭇없이 하면서 다방에서 아가씨를 소개받는 장면을 생각하니 기분이 좋아졌다. 영준은 YWCA 2층 양서조합 사무실 모서리에 몸을 붙이고 광주경찰서를 향하여 총을 내놓았다. 벽시계가 새벽 5시 15분을 가리켰다. 날이 밝으면 모든 상황이 정리될 것이라고, 시민들이 도청 앞 광장으로 몰려나오면 계엄군이 다시 물러날 것이라고 믿었다. 그때까지만 버티자. 영준은 소총을 꽉 쥐었다.

그 시각, 11공수에게 도청을 진압하고 있는 3공수를 지원하라는 명령이 무전으로 떨어졌다. 11공수는 관광호텔과 전일빌딩에 한 개 중대씩을 배치한 뒤 나머지 두 개 중대를 도청 지원에 투입하기로 했다. 전일빌딩과 골목 하나를 사이에 두고 금남로 뒤쪽에 위치한 YWCA의 시민군은 긴장 속에서 새벽을 맞이했다. 들불의 학생 나명환과 윤순철은 1층 회의실 탁자 뒤 창가에 배치되어 밖을 살폈다. 대열을 맞춘 군화 소리가 점점 가까이 다가왔다. 유리창 밖을 살피니 바로 코앞에서 공수대원이 지나가고 있는 게 보였다.

"형, 공수요." 나명환이 아주 작은 소리로 말했다.

공수대원의 철모에 두른 흰 띠가 움직이며 지나갔다. 나명환은 숨을 죽였다. 서로 총질을 하기에는 너무 가까운 거리였다.

'어서 지나가, 지나가라고.' 나명환은 속으로 중얼거렸다.

손에 잡힐 듯이 가까운 거리에서 사람과 사람이 서로 총을 겨누고 방아쇠를 당기는 상상만으로도 등골에서 식은땀이 흘러내렸다.

한편, 2층 양서조합 사무실 창가에서 신협 직원 열

아홉 살 김길수가 잔뜩 겁에 질려 경계를 서고 있었다. 길수의 눈앞에 불쑥 공수대원이 나타났다. 길수는 자신도 모르게 카빈의 방아쇠를 당겼다. 탕! 하는 소리가 골목의 정적을 깼다. 길수는 그 소리에 총을 놓치고 바닥에 엎드려 부들부들 떨었다.

"야, 길수야. 너는 안 되겠다. 어서 도망쳐. 진작 집에 가리니까 안 가고, 쯧쯧."

영준의 말이 떨어지기도 전에 공수대원들이 2층 창문을 향해 집중사격을 시작했다. 길수는 아래층으로 내려가기 위해 바닥에 납작 엎드려 기었다. 공수들은 전봇대나 가로수 뒤에 몸을 숨기고 YWCA의 2층 창문을 향해 일제히 사격했다. 시민군들도 공수를 향해 응사했다. 양서조합 사무실은 순식간에 난장판이 되었다. 밖에서 날아든 총알이 사무실 벽에 팅기며 쇳소리를 내기도 했고 벽에 걸어둔 거울이 산산조각으로 폭삭 깨지기도 했다. 『어린 왕자』, 『아낌없이 주는 나무』, 『갈매기의 꿈』, 『하늘과 바람과 별과 시』, 『진달래꽃』이 총탄에 구멍이 나고 찢어졌다.

"영준 형, 조심해요. 얼른 도망가요." 낮은 포복으로 기어가며 길수가 울부짖으며 말했다.

"너나 조심해. 공수 애들 눈에 안 띄게, 어서 도망가. 잡히면 죽을 수도 있어." 영준이 빙그레 웃으며 말했다.

탕! 영준의 입가에서 웃음이 사라지기도 전에 한 발의 총성이 유난히 크게 들렸다. 창가에 기대어 서 있던 영준의 몸이 휘청했다. 영준은 천천히 바닥으로 쓰러졌다.

"영준 형!" 길수가 울며 정신없이 기어서 영준한테 갔다.

길수가 영준의 몸을 흔들었다. 영준의 얼굴은 피범벅이었고 뒤통수는 깨져 사라지고 없었다. 영준의 뒤통수는 피와 골수로 범벅이 되었고, 눈은 감기지 않은 채였다. 길수는 영준의 뜬 눈을 손바닥으로 쓸어 감겨주었다. 계엄군이 사격을 하며 2층 계단으로 올라오고 있는 게 느껴졌다. 양서조합 사무실 바닥에 영준의 피가 흥건하게 흘렀다. 총소리와 비명소리가 뒤섞였다. 길수는 위층으로 올라가 몸을 숨겼다.

길수가 몸을 숨기자마자 공수대원들이 2층으로 들이닥쳤다. 그들은 무조건 난사를 한 다음에 대응사격이 없자 수색에 들어갔다. 계엄군은 영준의 시신을 질질 끌고 내려갔다. 계단마다 깨진 수박 부스러기처럼 영준의 피와 골수가 흔적으로 남았다. 공수대원은 영준의 시신을 YWCA 밖으로 끌고 나가 트럭 짐칸에다 집어 던졌다.

2층에서 소탕전을 펼친 뒤에야 계엄군은 1층으로 내려와 수색을 개시했다. 1층 회의실과 신협 사무실 곳곳에 시민군이 배치되어 있었다. 전일빌딩 옥상에서 1층을 향해 집중사격이 이어졌다. 총탄이 비 오듯 쏟아지자 유리창이 모두 박살났다. 날아온 총탄이 벽이나 바닥, 책상에 떨어져 튕겨져 날아올랐다. 열아홉 대학생 김은희가 유탄에 가슴을 맞고 쓰러졌다. 은희는 새벽에 옆 건물로 피신했다가 시민군의 아침 식사가 걱정되어 다시 돌아와 솥에 쌀을 안치고 몸을 숨기고 있다가 총에 맞은 것이었다. 은희의 오른쪽 가슴이 움푹 패여 없어졌다. 그 자리에서 피가 콸콸 솟아났다.

"엄마, 엄마. 살려주세요, 살려주세요."

계엄군을 보고 은희가 살려달라고 애원했다.

"쏘지 마세요. 부탁이에요. 이미 총에 맞았잖아요."
은희와 함께 있던 삼십 대의 여성과 이십 대의 여성 노동자가 동시에 계엄군을 보고 애원하며 손을 비볐다.

"이런 빨갱이 년들!"

"집구석에나 처박혀 있지, 계집년들이 뭐하러 이런데 나왔어?"

"이런 년들은 죽어야 해."

공수대원들이 각자 한마디씩을 하며 두 여성을 무자비하게 구타한 뒤에 머리채를 잡고 끌고 나갔다. 그사이에 은희는 절명했다. 11공수는 순식간에 YWCA를 점령했다. YWCA에서《투사회보》를 제작했던 들불 식구들과 궐기대회에서 문화 공연을 하던 극단 광대의 팀들을 비롯한 시민군들은 계엄군에 체포되었다. 전투중에 전용호를 비롯한 몇몇은 계엄군의 눈을 피해 무사히 YWCA의 담을 넘었다.

*

밤은 지나갔고 아침이 왔다.

YWCA에서 들려오던 총소리가 멈췄다. 아침 햇살이 도청 주위를 낱낱이 비췄다. 햇살 아래에 드러난 풍경을 보며 나는 영준 형과 용호 형, 명환과 순철을 비롯한 들불 식구들의 무사를 하늘에 빌었다. 그러나 하늘은 기도에 무심했다. 지금 이 순간, 도청 마당에는 살해된 시민군의 시체와 등 뒤로 손이 묶인 나와 비슷한 사람들이 뒤섞여 있다. 계엄군은 도청에서 시체를 끌고 와 마당에 아무렇게나 두었고, 외신기자들은 사진을 찍기에 바빴다. 외신기자가 용철 형의 얼굴에다 카메라를 들이댔다. 형의 얼굴에는 피떡이 붙어 있고, 등에는 '총기소지'라는 매직 글씨가 적혀 있다.

나는 땅바닥에 엎드려 여기저기 흩어져 있는 주인 잃은 운동화를 바라보았다. 한때 누군가의 몸을 지탱해주었을 운동화들이었다. 바닥에는 탄피와 탄창도 즐비하게 깔려 있었다. 피에 젖은 군화들이 왔다갔다하는 게 보였다. 비현실적인 풍경이었다. 부서진 몸에서 통증이 밀려왔다. 숨이 컥컥 막히는 통증이었다.

"엄마……." 그때 시체 더미 속에서 수찬이 꿈틀 몸을 움직였다.

"수찬아." 내가 그의 이름을 불렀다.

내가 이름을 부르자, 수찬이 나를 향해 고개를 돌리더니 두 눈을 번쩍 떴다. 피떡이 엉겨 붙은 빨간 얼굴 속에서 검고 맑은 눈동자가 빛났다. 나는 수찬을 향해 눈만 껌벅거렸다. 수찬이 시체 사이에서 비틀거리며 일어서려고 안간힘을 썼다. 그것을 본 공수대원이 무자비하게 수찬의 허벅지를 발로 걷어찼다. 수찬은 그 자리에서 푹 고꾸라졌다.

"부상이 심한데 사살해버릴까요?" 공수대원이 소대장한테 물었다.

아까 멀쩡한 고등학생들을 직접 사살한 소대장이었다. 그는 다시 몸을 일으키려는 수찬을 가만히 쳐다보더니 씨익 웃었다. 그의 웃음에 소름이 쫙 끼쳤다. 소대장은 수찬을 발로 툭툭 차 보았다. 나는 소리없이 수찬을 살려달라고 간절히 빌었다.

"그냥 묶어라. 이렇게 살아난 것도 운명이지." 소대장이 대답했다.

나는 길게 한숨을 내쉬었다. 공수대원이 와서 수찬의 손을 등 뒤로 꺾더니 줄로 묶었다. 수찬이 버티자 개머리판으로 머리를 찍었다. 수찬의 뒤통수에서 피가 터졌다. 수찬은 다행히 내 옆에서 엎드리게 되었다.

"다른 애들은?" 수찬이 병규와 효균의 생사를 물었다. 나는 고개를 저었다.

수찬이 시멘트 바닥에다 이마를 쿵쿵 찧었다. 아주 짧은 시간 동안 쌓은 우정이었지만 수찬은 그들의 죽음을 진심으로 슬퍼했다. 나는 엎드린 채로 주변을 둘러보았다. 머리통이 반쯤 깨진 청년이 눈에 띄었다. 교련복 상의에 갈색 바지, 바지 주머니에서 삐져나온 눈에 익은 쪽지. 나는 수찬에게 병규가 저기 누워 있다고 말했다. 수찬은 고개를 돌려 병규를 바라보더니 이를 악물고 '끄응' 소리를 냈다. 이 변호사는 뒤로 손을 묶인 채로 아들 효균을 찾아 벌레처럼 바닥을 기고 있었다. 공수대원이 효균의 시신을 트럭 짐칸에다 던져버렸다. 이 변호사는 이마를 땅에 찧었다.

"용서할 수 없어." 수찬이 말했다.

나는 아무 말도 하지 않았다.

계엄군이 도청 마당에 버려졌던 시민군의 시신을 트럭 짐칸에다 마구잡이로 던져 실었다. 짐칸에 시신이 가득 차면 트럭은 도청에서 나가 어딘가로 사라졌다. 체포당한 시민군들도 부상 여부와 관계없이 무조건 트럭에 태웠다. 나와 수찬은 트럭 맨 뒤에 앉게 되었다. 어디로 갈지 몰랐다. 몸이 사시나무처럼 떨렸다. 불안도 공포도 통증도 느껴지지 않았다. 몸은 떨고 있었지만 마음은 이상하게도 차분해진 상태였다. 수찬이 고개를 들어 도청을 바라보았다. 나도 수찬의 시선을 따라 도청을 보았다. 언제 다시 돌아올 수 있을지 모를 내 청춘의 한때를 보낸 곳이었다. 나는 도청 위의 하늘을 보았다.

도청 옥상에서 피에 젖은 깃발이 휘날리고 있었다.

눈을 끔벅이며 자세히 보았다. 손이 묶여 눈을 비빌 수는 없었다. 눈살을 찌푸려 초점을 맞추고 다시 깃발을 보았다. 아침 햇살에 역광으로 보여서 그런지는 몰라도 내 눈에는 피에 젖은 깃발이 분명했다. 백기가 아닌 피에 젖은 깃발이 도청 옥상에서 펄럭이고 있었다.

그것이면 충분했다.

우리는 백기를 내걸고 계엄군을 맞이한 것이 아니었다. 피에 젖은 깃발이 휘날리는 것으로 나는 지난밤을 잘 살아낸 것이었다. 나는 깃발을 한참 동안 바라보았다. 내가 깃발을 보는 것인지 깃발이 나를 보는 것인지 알 수 없었다.

"기쁜 소식이 있어." 수찬이 낮게 소곤거렸다.

"뭔데?" 공수대원의 눈치를 보며 모깃소리로 되물었다.

"새벽에 발산댁 형수가 아기를 낳았대. 딸." 수찬이

낮은 목소리로 말했다.

"잘됐다." 내가 말했다.

"딸만 남겨놓고 산모는 이 세상을 떠났어. 죽어가면서 아기를 낳았다고 하더라. 계엄군이 오기 직전에 병원에 있던 엄마가 와서 전해주고 가셨어." 수찬이 안타까운 표정으로 말했다.

"가슴 아프다." 내가 말했다.

"야! 어떤 개새끼들이 아가리를 놀리고 있는 거야? 죽을래?"

벽력같은 고함과 함께 공수대원이 개머리판으로 트럭 바닥을 쾅쾅 쳤다. 수찬과 나는 입을 다물었다.

트럭이 움직였다. 트럭은 서서히 도청 마당을 지나 분수대 쪽으로 나아갔다. 그때 내 눈에 자전거를 끌고 온 시골 남자와 아낙 그리고 젊은 여자가 보였다. 그들은 허둥지둥 도청을 향해 오고 있었는데, 계엄군이 막고 있었다. 눈에 익은 몸피였고 몸짓이었다. 자전거 짐칸에는 한 말들이 쌀자루 하나와 얼갈이배추며 대파가 실려 있었다. 고향에서 자전거를 타고 온 아버지와 어머니, 그리고 일신방직에 다니는 누나가 뒤늦게 나를 찾아 도청에 온 것이었다. 초라한 식구들의 행색을 보자 목이 메었다.

식구들은 계엄군의 저지에 뒤로 밀려나면서도 자전거를 앞세워 자꾸만 도청 방향으로 접근하려고 애를 썼다. 엄마가 계엄군을 밀치고 앞으로 나가자 아버지는 그 사이에 자전거를 밀어 넣었다. 계엄군이 아버지와 자전거를 발로 찼다. 아버지가 쓰러지자 누나와 엄마가 계엄군한테 달려들었다. 자전거는 넘어졌지만 바퀴는 계속 돌았다. 바큇살에 아침 햇살이 쏟아져 내렸다. 아버지가 일어나더니 자전거를 세웠다. 짐칸에 있던 쌀자루와 채소를 다시 단단히 묶었다.

그사이에 트럭은 분수대를 돌아 조선대 방향으로 나아갔다. 식구들은 분수대로 밀려났지만 도청으로 들어가겠다고 기를 쓰고 있었다. 트럭은 서서히 속도를 올렸고, 나는 멀어지고 있는 식구들에게서 눈을 떼지 않았다. 트럭이 속력을 내자 서서히 식구들의 모습이 풍경에서 사라졌다. 나는 그제야 비로소 온몸을 다해 그들에게 돌아가고 있다는 것을 느꼈다. 어제와 다른 새로운 생이 시작되었다.

작가의 말

나는 광주 사람이 아닙니다.

5·18도 직접 겪지 않았습니다. 그런데도 단편소설 「십오방 이야기」로 작가가 되었습니다. 「십오방 이야기」로 인하여 의도하진 않았지만 내 문학의 출발은 5·18이 되고 말았습니다.

소설 『꽃잎처럼』의 본래 제목은 『도청』이었습니다. 1980년 5월 26일 저녁부터 5월 27일 아침에 이르기까지 전남도청의 마지막 밤의 이야기를 시간 순서에 따라 썼기 때문입니다. 『꽃잎처럼』은 역사의 실화를 재구성한 소설이 아니라, 역사 안에서 몸부림쳤던 사람들의 실존에 관한 소설입니다. 그런 면에서 『꽃잎처럼』은 질문이며 발견입니다.

주인공인 '나'를 제외하고 나머지 등장인물들은 모두 실재했거나 실재하고 있는 사람들입니다. 하지만 그들에게도 여러 인물이 중첩되어 있습니다.『꽃잎처럼』을 쓰기 위하여 취재와 공부를 하면서 5·18이 우연이 아니라, 역사적 필연이었다는 것을 조금이나마 깨닫게 되었습니다. 소설을 쓰면서 광주·전남 민중민주운동의 도도한 역사가 없었다면 5·18도 없었다는 것을 알게 되었습니다.

『스물두 살 박기순』,『죽음을 넘어 시대의 어둠을 넘어』,『오월그날』,『5·18민중항쟁사』,『5·18 우리들의 이야기』등을 참고하였습니다. 무엇보다도『박기순』과『넘어넘어』에 큰 빚을 졌습니다. 또한 전용호 선배님을 많이 괴롭혔습니다. 아무 때나 전화해서 궁금한 것들을 물어보았습니다. 위에 참고한 책 속의 문장을 소설 속에 그대로 인용하기도 했습니다. 특별히 표시하진 않았습니다. 책의 저자들에게 감사 인사를 올립니다. 5·18 기념재단의 도움도 받았습니다. 다시 한번 감사의 말씀을 드립니다.

2020년 5월

정도상

꽃잎처럼

초판 1쇄 발행 2020년 5월 8일
초판 2쇄 발행 2020년 5월 25일

지은이 정도상
펴낸이 김선식

경영총괄 김은영
책임편집 임경섭 **디자인** 박수연 **크로스교정** 정다움 **책임마케터** 기명리
콘텐츠개발6팀장 이호빈 **콘텐츠개발6팀** 임경섭, 박수연, 정다움
마케팅본부장 이주화
채널마케팅팀 최혜령, 권장규, 이고은, 박태준, 박지수, 기명리
미디어홍보팀 정명찬, 최두영, 허지호, 김은지, 박재연, 배시영
저작권팀 한승빈, 이시은
경영관리본부 허대우, 하미선, 박상민, 윤이경, 권송이, 김재경, 최완규, 이우철

펴낸곳 다산북스 **출판등록** 2005년 12월 23일 제313-2005-00277호
주소 경기도 파주시 회동길 357, 3층
전화 02-704-1724
팩스 02-703-2219 **이메일** dasanbooks@dasanbooks.com
홈페이지 www.dasanbooks.com **블로그** blog.naver.com/dasan_books
종이 · 출력 · 제본 민언프린텍

ISBN 979-11-306-2958-2 (03810)

다산북스(DASANBOOKS)는 독자 여러분의 책에 관한 아이디어와 원고 투고를 기쁜 마음으로 기다리고 있습니다.
책 출간을 원하는 아이디어가 있으신 분은 다산북스 홈페이지 '투고원고'란으로 간단한 개요와 취지, 연락처 등을 보내주
세요. 머뭇거리지 말고 문을 두드리세요.